光文社文庫

文庫書下ろし／長編時代小説

風雲 印《いん》旛《ば》沼

関八州御用狩り㈢

幡 大介

光 文 社

この作品は光文社文庫のために書下ろされました。

目次

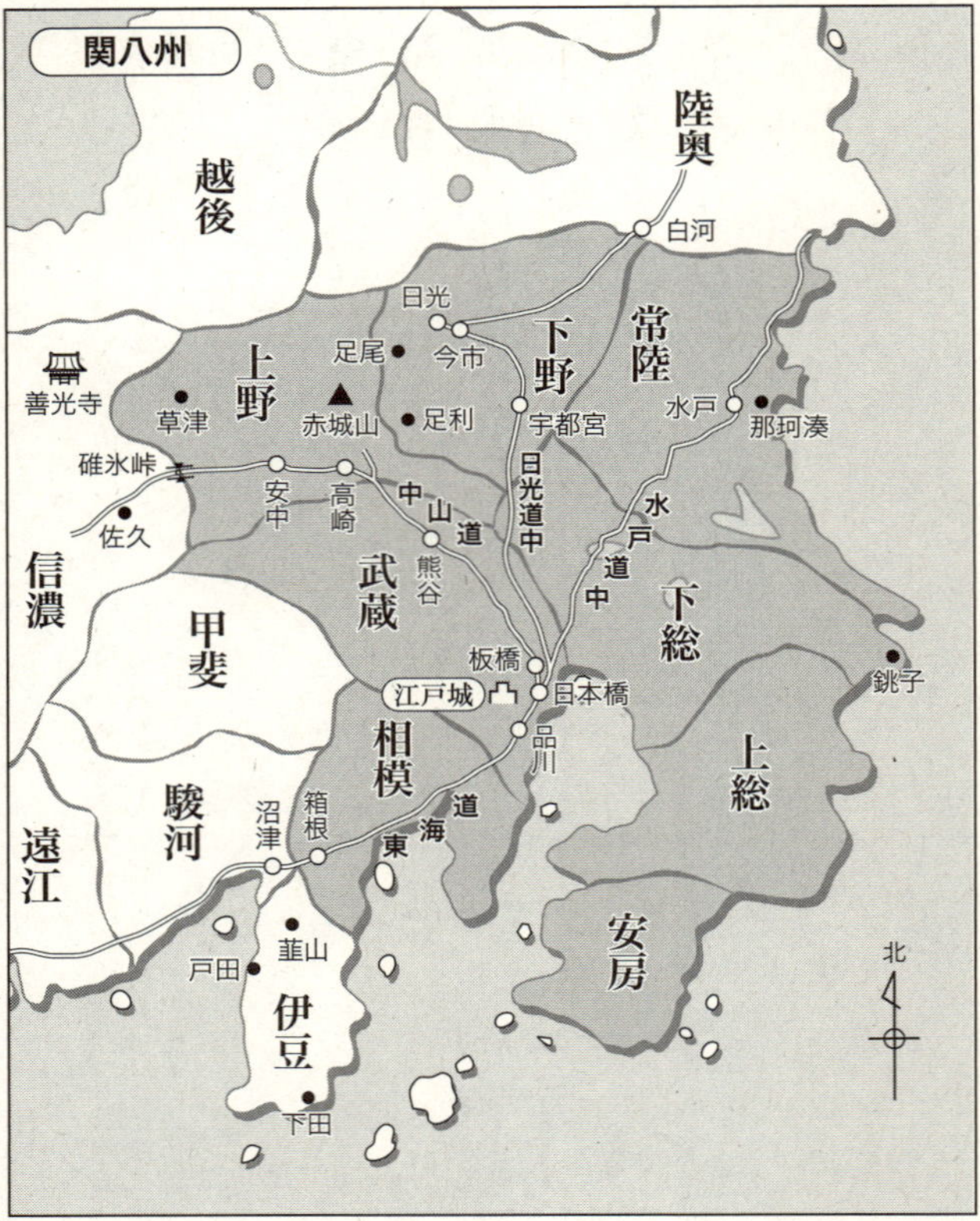
関八州
陸奥
白河
越後
日光
今市
下野
常陸
足尾
上野
善光寺
草津
赤城山
足利
宇都宮
水戸
那珂湊
碓氷峠
安中
高崎
中山道
日光道中
水戸道中
佐久
熊谷
武蔵
信濃
甲斐
下総
板橋
江戸城
日本橋
銚子
相模
品川
上総
駿河
沼津
箱根
東海道
遠江
安房
韮山
戸田
伊豆
下田
北

第一章　追い首稼業

一

　炎天下の街道で濃い陽炎《かげろう》が揺れていた。

　天明八年（一七八八）の夏。きつい陽光が降り注いでいる。ここは下野国《しもつけのくに》の例幣使街道《れいへいしかいどう》。水田では稲が青い葉を揺らしていた。

　浅間山《あさまやま》の大噴火から始まった大冷害もようやくにして終息し、今年の夏は猛暑が続いている。昨年までの冷夏の仇《かたき》をとるかのような酷熱だ。田に張られた水も湯のように熱い。旅人たちは顔を真っ赤に火照らせ、大汗を流して歩いていた。

　白光新三郎《しらみつしんざぶろう》は菅笠《すげがさ》をかぶって旅してきた。中肉中背の二十代。単《ひとえ》の小袖に袴《はかま》だけを穿《は》いている。酷熱もものともせずに宿場町に入ると、涼しげな顔で高札を眺めた。

「ここが犬伏宿《いぬぶし》か」

のんびりとした顔と口調だ。日差しの下を旅してきたのに色が白い。細面《ほそおもて》に仄《ほの》かな笑みを浮かべていた。

供として従ってきた町人が「へぇい」と答えた。

「白光の旦那は、そんな細っこいお身体なのに、精力は底無しでござんすな」

力自慢の車力《しやりき》でさえ倒れてしまう暑さなのだ。休まず歩き続けることのできる者は滅多にいない。

「そうかな」

白光新三郎には自覚がないらしい。

下野国の犬伏宿は例幣使街道十一番目の宿場だ。宿場の北には低山が見える。関東の平野もこのあたりで尽きて、この先の街道は日光の深山に通じていた。

「山賊どもが根城を構えていそうな土地柄だな」

新三郎がそう言うと、供の町人は油断のない顔つきで頷《うなず》いた。

「ご賢察の通りだ。悪党どもの棲家が近ぅござんすよ」

この町人、江戸は京橋《きようばし》の酒問屋、矢倉屋《やぐらや》の若衆で、名を利吉《りきち》という。いかにも江戸っ子ふうの鯔背《いなせ》で気障《きざ》な男である。油断のならない目つきをしており、口元にはいつも皮肉げな笑みを浮かべている。本人に言わせると愛想笑いなのだそうだが、他人を嘲笑しているようにしか見えないという、ちょっとばかり損な顔だちだった。

宿場に立って二人で揃ってニヤニヤとして、なにやら場違いである。宿場は道に沿って細長く伸びている。両端に木戸が作られているが、戦《いくさ》や一揆でも起こらぬ限り門扉で封じられることはない。門番もいない。宿場の出入りは勝手であった。

高札場に掲げられた禁制の署名は勘定奉行だ。この辺りは御料（徳川家の直轄地）であるらしい。

二人は旅籠《はたご》に入った。遅い昼食を頼む。他に客はいない。お椀にいっぱいの麦飯が膳に上った。山芋のとろろがついてきた。麦飯にかけて食うのである。

「今年は麦が多く取れたようだな」

麦の収穫は梅雨前である。お椀に山盛りの麦飯が、豊作だったことを示している。

大飢饉の頃には旅籠で穀物にありつくことはできなかった。麦飯とはいえ、腹一杯に食えるだけで十分な幸せだ。

「秋には米も取れる。この次に旅をする時には、白い飯が食えそうだな」

二人で満腹する。利吉は給仕の女を呼び止めた。

「とろろの麦飯、美味《うま》かったぜ。こいつぁ、あんたへの心付けだ」

小銭を握らせると、女は急に愛想がよくなった。

「すまねぇな」

坂東では男言葉と女言葉の区別が少ない。江戸も似たようなものだが、北関東はさらに酷《ひど》い。色気の欠片もない口調だ。

「いいってことよ。お前ェの器量の見物料も入《へ》ぇってる。綺麗なモンを只で見せてもらっちゃあ悪いからな」

心にもないお世辞を言うと、娘はまんざらでもなさそうに恥じらって見せた。場がほぐれたところで利吉はすかさず質《ただ》した。

「この宿場には長四郎《ちようしろう》親分の店《たな》があるだろう。そいつぁどこだい」

「親分さんのお店？」

利吉は片手で壺を振る真似をしてみせた。察しの悪い者でもわかる。丁半博打《ばくち》の賭場はどこか、と聞いたのだ。

宿場に博打と遊女はつきものだ。宿場の者は問われても驚きはしない。女は答えた。

「宿場問屋《といや》の脇に小道があってよ、そこへ入《へ》ぇって北に行くと荒れ寺があるだ。それがお尋ねの場所だべよ」

「そうかい。ありがとうよ」

「だども……」

女は浮かない顔をしている。利吉は訝《いぶか》しげに横目を向けた。

「なんだい。なにか言いてぇことでもあるのかい」

「あるだぞ。今は長四郎親分の鉄火場にゃあ、近づかねぇほうがええだぞ」

「どういうわけでだ」

女は左右を素早く見て、誰もこちらを見ていないことを確かめると、囁《ささや》いた。

「長四郎親分の兄弟分……てぇ噂の、悪党が匿《かくま》われとるだ」

利吉は「ふん」と鼻を鳴らした。

「どんな悪党だい。名は、なんてぇんだい」

「一家の身内からは才蔵《さいぞう》さんって呼ばれてるな」

「お前ェさんも、その才蔵の面ァ拝んだのかい」

「見たともよォ。蛇みてぇに痩せていて、顔色の青黒い、気持ち悪りぃ男だ。お江戸で悪事を働いて逃げてきたってぇ話だ」

「そいつぁおっかねぇな」

「おっかねぇともよ。親分さんに匿われとるっちゅうだによ、憚《はばか》りもなく威張り散らして大暴れしてるんだ。この前ェも、代貸の政次《まさじ》兄ィを半殺しにしちまったんだぞ」

「とんでもねぇ野郎だな」

「親分の女にまで手ェ出しとるっちゅう噂だ」

「長四郎親分は、なんだってそんな野郎を野放しにしていなさるんだい」

「才蔵は匕首《あいくち》の達者でよぅ、誰も寄せつけねぇんだ」

「ふぅん。よっぽど強い野郎のようだな」

「隣の宿場で用心棒をしていた浪人様が、腹ァえぐられて殺されちまったぞ」

「役人は何をしているんだ」

「下野国のお代官所は遠い真岡《もおか》にあるだ。呼んだってすぐには来てくれねぇ」

しかも代官所の捕り方は人数も少ない。

宿場の治安は宿場役人が守るのだが、彼らは武士ではない。旅籠の主《あるじ》などの町人で、見做《みな》し役人なのだった。捕り物は地元のヤクザの手を借りる。賭場や遊廓の開業は御法度のはずだが、目溢《めこぼ》しをされているのは、ヤクザの手を借りねば治安が維持できないからなのだ。

つまるところ、ヤクザ同士が喧嘩や殺し合いを始めても、宿場役人では何もできないのである。

女は膳を片づけて台所に戻った。新三郎と利吉は笠をかぶって表道に出た。

夜になった。闇の中で女が喘《あえ》いでいる。

「ああっ、やめておくんなよ才蔵さん。うちの人に気づかれちまうよ」

女は身をよじって逃れようとするが、才蔵は長い腕を女の首に執拗に絡ませて離さない。鼻息を荒くさせながら女の着物の衿を両手で摑んで、無理やりに肩の下まで剝き下ろした。

白い胸乳《むなぢ》が露出する。汗に濡れた女の肌がヌラッと光った。才蔵は女の乳首をきつく摘《つま》んだ。女の喉が反り返った。

「やめておくれよ。うちの人に知れたらただじゃすまない」

「心配《しんぺ》ぇすんな。あんな老いぼれ、すぐに始末してやらあ。お前ぇは俺のもんだ。

お前ぇだけじゃねぇ。一家も丸ごと乗っ取ってやるぜ」

才蔵は鼻先でせせら笑う。

「俺とお前ぇが乳繰り合ってることに気づかぬ長四郎じゃねぇ。わかっていて何も言えねぇんだ。へへっ。この匕首で代貸の政次の土手っ腹をえぐってやってからというもの、この俺には、誰も何も言えねぇのよ」

才蔵は常に携えている匕首を抜いた。研ぎ澄まされた刃が灯火を反射して光る。

「おらっ、股を開きやがれッ」

才蔵は匕首を女の股に差し入れて、内股の肌をスッスッと撫でた。女は恐怖のあまりに悲鳴を上げた。

「股ァ開かねぇと、ズタズタの血まみれにしてくれるぞ」

冗談で言っているのではない。本気の目つきだ。女は美貌を引き攣《つ》らせながら股間を開いた。

その時であった。

板戸の外から声がかかった。

「お客人」

興奮の頂点で水を注《さ》された才蔵は、殺気の漲《みなぎ》る目を向けた。

「誰でぃッ」

「親分の使いの者《モン》でさぁ。賭場が大《て》ぇ変《へん》なことになってる。是非とも手を貸しておくんなせぇ」

その声には聞き覚えがあった。長四郎一家の子分だ。女――長四郎の情婦は慌てて衿を搔き合わせ、裾を直して股間を隠した。

板戸の外の声は執拗だった。

「このままじゃあ、賭場の銭をあるだけ持ち逃げされそうなんだ。賭場の稼ぎを取られちまったら、オイラたちの食い扶持はもちろん、お客人の小遣い銭もなくなっちまうんですぜ」

それは大いに困るが、しかしである。

「賭場破りぐれぇ、手前ぇらだけでどうにかならねぇのか」

「どうにもならねぇから、お客人の手を借りてぇんで」

「チッ、だらしのねぇ奴らだ」

才蔵は立ち上がった。

長四郎の所有物は、ぜんぶ自分の所有物にしたつもりでいる。

(俺の銭に手をつけるのは許せねえ)

賭場荒らしに奪われたくはない。

さらにである。長四郎の手に余る賭場荒らしを退治すれば、子分どもの見る目も変わる。親分よりも才蔵のほうが頼りになるとわかれば一斉に靡《なび》いてくるはずだ。一家乗っ取りが進展するというものであった。

「出掛けてくるぜ。その格好で待ってろ。戻ったらすぐに続きを始めるからな」

女に言い放つと、肩を揺すって戸を開けた。

外は月夜だ。提灯がなくても十分に明るい。

二

「さぁ、丁方ないか！　丁に張った！」

盆茣蓙《ぼんござ》の奥で中盆《なかぼん》（進行役）が声を張り上げている。丁（偶数）の目に賭けるように促した。

ここは宿場外れの荒れ寺だ。本堂から灯が洩れている。無住の寺であるのを良いことに、罰当たりにも賭場が開帳されていた。

盆茣蓙を囲んでいるのは、博打好きの旅人と地元の男たちだ。裕福そうな装束の者もいる。そして中盆と壺振りの正面には、白光新三郎が座っていた。

新三郎は持ち駒のすべてを半（奇数）に張っている。山と積まれた駒のすべてを銭に変えたら小判の三、四枚にはなりそうだ。ここで勝てばさらに倍になる。丁に張る者がいなければ、長四郎の一家で受けねばならない。

他の客たちが恐る恐る様子を窺《うかが》っている。大枚を豪勢に張った新三郎を見て、その逆を張りたいとも思うのだが、新三郎のツキっぷりは只事ではない。自分の駒を巻き上げられてしまいそうで恐ろしい。

ここは見《けん》（様子見）だと考えて駒を張る者が出てこない。

部屋の奥の銭函《ぜにばこ》の前に鎮座していた長四郎が、埒《らち》があかないと考えたのか、

「貸元で請けやす」

と言った。胴元自らが博打を請けると宣言したのだ。

客たちが一斉に固唾《かたず》をのんだ。

その時、奥の扉が開いて才蔵が顔をのぞかせた。鋭い目つきで賭場を見回す。それに気づいた中盆と壺振りが目配せした。（こいつが賭場荒らしですぜ）と目で伝えた。

「丁半駒揃いました！」

中盆が声を張った。

「勝〜負！」

壺振りがサッと壺を開ける。

「五二《グニ》の半！」

客たちが一斉にため息をついた。新三郎の勝ち。長四郎一家の負けだ。一家の子分が銭函の前から小判を運んで新三郎の前に置いた。その数、三両。新三郎自身の持ち駒と合わせれば六両の大金になる。江戸でも半年遊んで暮らせる大金だ。下野の田舎なら二年は遊んで暮らしてゆける。

皆が羨望の目を向ける。と、その時であった。新三郎が叫んだ。

「イカサマだ！」

客たちは（急に何を言い出したのだ）という顔をした。

中盆が血相を変える。

「お客人、何を言い出したんですかい。とんだ言いがかりだ。だいたいあんた、勝っていなさるじゃねぇですかい」

まったく腑《ふ》に落ちぬ話である。博打に負けてイカサマだと主張するなら話はわかるが、勝ってイカサマを主張するとは何事か。正気の沙汰とは思えない。

一家の子分たちとすれば、勝ち負けに関わりなく因縁をつけられたのは面白くない。袖まくりをして詰め寄ってくる。客たちは怖じ気《おけ》を振るって盆から離れた。

「お客人！」

銭函の前の長四郎が凄味を利かせる。

「他のお客人がたも楽しく遊んでいなさるんだ。妙な騒ぎは起こさねぇでもらいてぇ」

新三郎は鼻先で笑って、小馬鹿にしたような目を向けた。

「勝っていようが負けていようが、イカサマはイカサマだ。見逃しはできぬぞ」

「野郎ッ、どうでもやろうってのかいッ」

子分たちが叫んだ。

才蔵は先ほどから戸口に立って話を聞いている。銭函の前の長四郎が顔を向けた。

「いいところへ来たぜ兄弟！　このドサンピンを痛めつけてやってくれッ」

才蔵は無言で頷いた。新三郎も、腰の横に置いてあった刀を引き寄せる。

「表でやるか？」

才蔵は冷たい薄笑いを浮かべながら頷いた。

二人は外に出る。二人ともまったく油断がない。

長四郎と一家の子分、さらには賭場の客たちも外に出てきた。

夜ではあるが月は高く上っている。暗い夜に慣れた田舎者の目には十分に明るい。篝火《かがりび》など焚かなくとも決闘ができた。

才蔵は懐に片手を突っ込んだ。匕首の柄を摑んで刃を抜いた。

舌舐め擦りをする。乾いた唇を湿らせたのだ。腰を低く落とし、いわゆる喧嘩腰に構えた。

一方の新三郎はいたって無造作に構えている。気の抜けた声で質した。

「江戸の宇田川町《うだがわちょう》の乾物問屋、大島屋で、押し込みを働いたのはお前だな」

才蔵は眉をピクッと動かした。

「そうだと言ったら、なんだってんでぃ」

「お前の身許《みもと》を確かめただけだ」

「手前ぇ！　江戸の役人の手先かッ」

才蔵はいきなり強く踏み込んできて刃を突き出した。

「くたばりやがれッ」

瞬間、新三郎の体《たい》が旋回した。腰帯に差さっていたはずの刀が鞘《さや》から噴き出し、才蔵に伸びる。本当に鞘から鋼色の光が発射されたように見えた。

鋼色の光鋩《こうぼう》は一直線に伸びる。才蔵の手から親指が飛んだ。次に匕首が飛んだ。

才蔵は何もない拳を突き出し、（あれっ）という顔をして、次に悲鳴を上げた。

「ギャアッ！　俺の手がぁ……」

親指の付け根から血が噴き出している。

新三郎はさらに刀を一振りする。才蔵の喉元にピタリと切っ先が当てられた。

才蔵は「ぐうっ」と唸《うな》って身動きできない。

「やめてくれ……。斬らねえでくれッ」

ドッと冷や汗を滲《にじ》ませる。

新三郎は落ち着きはらった声で命じる。

「利吉、この悪党に縄を掛けろ」

「へぇい」

利吉が闇の中から現われた。縄を取り出して才蔵の身体に回し始めた。

新三郎は刀をパチリと納刀する。突きつけられていた刀を引かれて、才蔵は急に喚《わめ》き散らし始めた。

「長四郎兄ィ！　助けてくれッ。やいっ手前ぇら！　どうして助けねぇんだッ。ボケッと突っ立ってるんじゃねぇッ」

長四郎と子分たちは無言で闇の中に佇《たたず》んでいる。一家の客分を助ける様子もない。

利吉は縄尻をグイッと引いて、才蔵を立たせた。

「お江戸でお裁きが待ってるぜ。それじゃあ、行こうかい」

才蔵が暴れようとしたので腹にきつい膝蹴りを食らわせる。才蔵は呻《うめ》いて膝を折る。口惜しそうに歯嚙みしながら利吉を見上げて睨《にら》みつけた。

「て、手前ぇら、いってぇ何者《なにもん》だ！　江戸町奉行所の捕り方は、江戸から出られねぇってぇ決め事じゃやねぇのかッ」

利吉は薄い唇を小癪《こしゃく》に曲げて嘲笑った。

「オイラたちは役人でもなけりゃあ、捕り方でもねぇ。江戸京橋は大根河岸《だいこんがし》の追い首だぜ」

「大根河岸の追い首……！」

才蔵も追い首の評判ぐらいは知っていたようだ。利吉と新三郎の顔を交互に見て、急にガタガタと身を震わせはじめた。

新三郎は賭場の中盆に声を掛けた。

「拙者たちは帰る。拙者の駒を銭に換えてくれ」

千住《せんじゅ》大橋の下には荒川が流れている。一艘の舟が下ってきた。舟には新三郎と利吉、そして縛られた才蔵が乗っていた。

千住の宿場を南に向かえば江戸だ。江戸町奉行所の管轄――俗にいう〝隅引きの内〟であった。

夏の日差しは今日も厳しい。川面をわたる風は蒸し風呂の湯気のようだ。江戸に近づくとさらにきつい熱気が町のほうから吹きつけてきた。

「人がたくさんいるせいか、江戸の暑さは格別ですぜ」

利吉が手拭いで額を拭きながら言う。そして千住宿の南に広がる野原に顔を向け、白い歯を見せて笑った。

「見てみねぇ、才蔵。小塚原《こづかっぱら》の刑場だ。獄門台の上に大勢のお仲間が並んでるぜ」

処刑された罪人は首を晒される。才蔵は顔色もなくうずくまっている。

艫《とも》(舟の船尾方向)には新三郎がゆったりと座っていた。まるで物見遊山でもしているかのような風情だが、才蔵が逃げる素振りを見せようものなら瞬時に抜刀するはずだ。

新三郎の後ろで五十がらみの船頭が棹を操っている。矢倉屋儀兵衛《ぎへえ》に手懐《てなず》けられている者だ。利吉は声を掛けた。

「親仁《おやじ》さん、そこら辺に着けてくんな。ほうら見ろ。ちょうど町方の旦那がお見えだぜ」

川の土手に目を転じると黒巻羽織の姿があった。単の薄物とはいえ、この酷熱に黒羽織はきつい。今の季節にそんな格好で歩いているのは町奉行所の同心しかありえなかった。

親仁は「おうよぅ」と呑気に返事をして、舳先《へさき》を土手に向けた。

「畜生ッ」

才蔵が突然に立ち上がった。小舟が大きく揺れる。

才蔵は縛られたまま川に飛び込もうとする。溺れ死にも覚悟のうえで、逃げることに賭けたのだ。

「あっ、馬鹿野郎ッ」

利吉は船縁にしがみつく。新三郎は揺れる舟をものともせずに素早く才蔵に身を寄せると刀の柄頭《つかがしら》を才蔵の腹に打ち込んだ。

「ぐえっ」

襟首を摑んで引き戻す。才蔵はたちまち船底にへたり込んだ。

「ちっ、畜生……畜生めッ」

肝臓を強打されると足腰の力が急激に萎える。新三郎ほどの達人の一撃を食らったならば、立っていられない。

才蔵は呻きながらも悪態をつき続けた。

「役人に飼われて小遣い稼ぎかッ。犬野郎め」

新三郎は「冗談ではない」と答えた。

「今どきの同心に、我ら追い首を雇う大金などあろうはずがない」

武士階層は将軍家から下っ端役人まで、皆、貧乏だ。

「それじゃあ、俺が押し込んだ先の商人が、手前ぇらを雇ったのか！」

「それも違う」

新三郎は邪気のない笑みを浮かべた。

「我らを雇ったのは長四郎だ」

「な、なんだと……！」

「お前は身勝手にやりすぎたのだ。悪党にも守るべき仁義はあろう。世話になっている一家の者を傷つけ、兄貴分の情婦に手を出せば、仕返しをされるに決まっておる」

「それで俺を手前ぇらに売ったたってのかッ」

「追い首の代金はあの賭場で支払われた。一家の壺振りがイカサマを働いて拙者に大勝ちをさせたのはそのためだ。あの小判が矢倉屋への代金だったのだ」

「畜生ッ！　長四郎めッ。よくも裏切りやがったなッ」

利吉も呆れ顔だ。

「身勝手なことばっかり言いやがって。煩《うるさ》くってしょうがねぇ。文句は地獄で言うがいいや。長四郎だって、あと何年かしたら地獄に堕ちることだろうよ」

利吉に縄を引かれて才蔵は舟から引きずり下ろされ、南町奉行所の手に引き渡された。

三

江戸の小伝馬町《こでんまちょう》に牢屋敷がある。二千七百坪の敷地に建てられた大牢には悪党たちが大勢押し込められていた。

牢屋敷の敷地の中には水堀まである。堀に囲まれて蔵が建てられてあった。その蔵こそが、悪名高い拷問蔵だ。

男の悲鳴が聞こえてくる。大牢にまで良く響いた。

「ひいい〜〜〜ッ！　お、お許しを……ギャアアアッ！」

大牢の罪人たちが顔をしかめた。

「うるせぇなぁ。昼寝もできやしねぇじゃねぇか」

夏の盛りの酷熱。牢は窓が小さいので風通しが悪い。怖いもの知らずの悪党たちでも熱と湿度は堪《た》えがたい。昼寝でもしてやり過ごすしかないのであるが、拷問蔵の悲鳴がうるさくて微睡《まどろ》むこともできない。

牢名主は蚤《のみ》に食われた首筋を掻いた。肌にはベッタリと脂汗が張りついている。

「石を抱かされたぐらいでヒイヒイ泣き声を上げやがって！　あんな情けねえ野郎は見たことがねぇぜ」

重ねられた畳の上で悪態をつく。醜怪な顔をしかめさせた。

悪党には悪党の意地がある。拷問で自白しないこともそのひとつだ。

この牢名主も入牢時には散々な責め苦を受けたのだが、棒で散々に打たれても「いい按摩だ。お陰さんで肩の凝りがほぐれやしたぜ」などと嘯《うそぶ》いて役人を憤激させ、悪党仲間からは称賛を集めた。

拷問で泣き叫んで役人に許しを乞うなどは、悪党としてもっとも恥ずべき行為なのである。

二番役と呼ばれる牢内の顔役が、牢名主に顔を向けた。

「野郎め、根っからの悪党じゃねぇようですな」

牢名主は「うむ」と頷いた。

「関東郡代のお役所から送られてきたらしいぜ」

「そんなら百姓ですかい」

関東郡代は徳川家直轄地の百姓を支配する代官だ。旗本の伊奈《いな》家が世襲している。あまりにも権力が大きくなりすぎたので、五代将軍綱吉《つなよし》の時代に職権の縮小を命じられた。それでも今でも百姓たちの公事《くじ》（裁判）などを担当していた。

百姓ならば拷問に音をあげても仕方がない。ところがである。この百姓は、どれだけ厳しく責められても「存じませぬ」「お助けください」の一点張りだ。

囚人が罪を認めて爪印を押すまで拷問は続く。つまり、牢屋敷の囚人たちは延々と悲鳴を聞かされ続けることになる。

二番役は舌打ちした。

「とっとと罪を認めて獄門台送りになっちまえばいいものをよォ。騒々しくってたまらねぇや」

　小さな窓から蟬時雨《せみしぐれ》も聞こえてくる。正午を過ぎてますます気温があがった。男たちの体臭と汗の温気《うんき》が濃密に籠もっていく。


　拷問蔵から男が戻ってきた。酷く責められ、顔が青黒く腫れ上がっている。鼻血が黒く固まっていた。三十歳ぐらいの整った顔だちの男であったが、今はその面影もなかった。

　足どりはおぼつかない。脛《すね》には傷が何本も横に刻まれている。石抱き責めにあったのだ。破れた肌から血がジクジクと滲んでいた。

　男は牢の隅に倒れた。そのまま身体を丸めてシクシクとすすり泣きを始める。誰も相手にしない。介抱しようとする者もいない。牢内には常備薬があって三番役と呼ばれる顔役が管理していたが、三番役も見て見ぬふりだ。

　夜が更けると牢内からいびきが聞こえ始めた。

　男は涙も枯れはてたのか、虚《むな》しく息をついている。夕飯も食べていない。飯を食う体力がないのだ。いずれ衰弱して死んでしまうことは誰の目にも明らかだった。

　その時、闇の中でむっくりと起き上がった影があった。

その影は他の囚人たちの様子を窺っている。窓から差した月明かりに横顔が照らされる。月代《さかやき》の伸びた博徒であった。鼬《イタチ》に似た顔つきであった。

博徒は他の囚人たちが寝ていることを確かめると、拷問を受けていた男に歩み寄った。

「やい、しっかりしなせぇ」

肩を揺さぶると傷に触れたのか、男は悲鳴を上げた。

博徒は「シイッ」と、静まるように言った。

「名主が目を覚ましちまう。あっしが薬をくすねてきてやるよ。待ってろ」

盗みの腕もあるらしい。三番役の枕元にある引き出しを開けて、薬を取って戻ってきた。蛤《はまぐり》の貝殻に入った軟膏であった。

「傷を見せてみねぇ」

博徒は男の脛に薬を塗りこんでいく。

「ご親切に、ありがとうございます」

「なぁに。俺ァ昔っから、弱ってる野郎は見捨てられねぇ性分なんだ」

拷問を受けていた男は思わぬ親切に触れて感極まったのか、またもシクシクと泣きだした。

博徒は名乗った。

「俺ァ伊三郎《いさぶろう》ってんだ。人呼んで鼬ノ伊三郎。上総国《かずさのくに》の山ん中で生まれた小悪党よ。あんたは？」

男はつられて名乗る。

「手前は常陸国《ひたちのくに》は沖宿《おきじゅく》の乙名《おとな》、名は九兵衛《きゅうべえ》と申します」

「沖宿の九兵衛さんかい。あんた、いってぇ何をしでかして、牢屋なんぞにぶちこまれたんだい」

九兵衛は忍び泣きするばかりで答えない。伊三郎は狡賢《ずるがしこ》そうな顔で笑うと、すぐに表情を消して、親身な口調で語りかけた。

「見るところ、あんたぁ悪党なんかじゃねぇや。まっとうに生きてる堅気者だ」

そして相当の分限者（金持ち）だ、と呟《つぶや》いたのだが、泣きじゃくる九兵衛の耳には届かない。

「あっしは、ちょいとした手慰み（博打）でお縄になっただけでしてね。明日には三十敲《たたき》で解き放ちだ」

牢屋敷の門前で三十回、棒で打たれる刑である。処刑後、すぐに解き放たれる。

九兵衛は泣き続ける。伊三郎はその耳元で囁いた。

「どうですね。あんた、牢の外に繋《つな》ぎをつけたかぁねぇか。あっしが言伝てを頼まれてやってもいいんですぜ」

ニヤニヤと笑いながら九兵衛の顔を覗《のぞ》き込む。「ただし、礼金次第ですがね」と言い添えた。

鼬ノ伊三郎は、九兵衛が小金持ちだと見てとって、小遣い銭稼ぎを思いついたのである。

すると九兵衛はハッと顔つきを変えて、腫れて塞がった目を精一杯に見開いた。

「繋ぎを……、繋ぎをお願いできるのですか!」

「お？　おお」

九兵衛が猛然と反応したので、伊三郎はちょっと気押され気味に答えた。

「もちろん礼金次第だぜ？」

「銭ならば、旅籠町の定宿に二百文《もん》ばかり預けてあります」

伊三郎はほくそ笑んだ。二百文あればしばらくは遊んで暮らせる。

「ようし引き受けた。誰に繋ぎをつけりゃあいいんだい」

二百文さえ手に入れたら、約束も果たさずに逃げてしまおう、などと横着なことを考えながら伊三郎は質した。

ところが返事を聞いてギョッとなった。

「……なんだって？　もういっぺん、言ってみろ」

九兵衛の声は掠れていて聞き取りにくい。聞き違いかと思って確かめた。

九兵衛は答えた。

「江戸のどこかに飯綱屋《いづなや》のお甲《こう》という人がいると聞いています。その人に助けを求めてください」

「飯綱屋お甲だとッ？　に、逃がし屋のお甲か！」

「は、はい」

「手前ぇ、飯綱屋とはどういう関わりなんだい」

九兵衛は答えず、伊三郎にしがみついた。

「頼みましたよ！　必ず、飯綱屋さんに手前のことを伝えてください！」

伊三郎は（とんでもねぇことになっちまった）と脅《おび》えた。

飯綱屋お甲は江戸の暗黒街の大者だ。伊三郎のような小悪党からすれば地獄の閻魔《えんま》のように恐ろしい相手である。

（触らぬ神に祟《たた》りなしって言うが……）

しかし九兵衛と飯綱屋お甲の関わりがわからない。繋ぎを頼まれたのに約束を守らず、後で折檻《せっかん》を加えられたりしたら、もっと恐ろしい。

三十歳など屁でもないと嘯いている伊三郎が、腹の底から震え上がってしまった。

四

白光新三郎には銭がない。

銭がなければ何もできぬのが江戸の町だ。目抜き通りには繁昌店が軒を並べて珍しい品々を売っている。屋台や一膳飯屋からは良い匂いが漂ってくる。茶屋では見目麗しい看板娘が笑顔を向けてくる。

それらに心を誘われながらも目をきつく閉じて辛抱し、新三郎は黙々と歩く。食欲もあれば酒も飲みたい。若い娘にちょっかいを出したい欲もある。それらの煩悩をぐっと押し殺して新三郎は進むのだ。

目指すのは、とある貧乏長屋だ。長屋の裏手に海望寺《かいぼうじ》という寺がある。

新三郎の知人の浪人が、この寺で手跡指南を開いていた。上方でいう寺子屋だ。浪人にとっては身過ぎ世過ぎ。近在の長屋の大家にとっては渡りに舟だ。子供の教育を託すことができるのがありがたい。

そういう次第で大歓迎の手跡指南の先生なのだが、先生だって人である。たまには大事な用ができる。親族の冠婚葬祭や自身の仕官活動などだ。

浪人が江戸にいる理由は仕官活動にある。全国の大名の屋敷が江戸に密集している。大名が集まっているのであれば、一人分ぐらいは仕官の口がありそうなものだと期待している。

そんな次第で先生方が忙しくなると代理の先生が呼ばれる。暇を持て余している人物だ。

武士の家では、嫡男が若死にしてしまう凶事に備えて、次男坊、三男坊を〝相続人の予備〟として養っている。こうした者は部屋住、厄介者、冷や飯食いなどと呼ばれていた。

兄が死んだ際の備えであるから、養子に行くことはできない。いい若い者が何をするでもなく、時間を潰すだけの毎日を送っている。

今のご時世、いずこの武士も勝手不如意だ。貧乏である。部屋住に小遣い銭を恵んでやる余裕などはない。

銭が欲しいなら自分で稼げ、ということだ。

るくさせた。

新三郎が空き地に入っていくと、子供たちが目敏《めざと》く気づいて、パッと表情を明

「ヤットウの先生だ！」

子供たちの数は十四、五人。近在の貧乏長屋の子である。男の子もいれば女の子もいる。幼い弟や妹をおんぶしている者もいた。

「ヤットウの先生だ！　先生、ヤットウを教えて！」

木の棒を手にしている。男の子だけではない。女の子までもが棒を振り回していた。

新三郎は慌てて両手を広げて遮った。

「待て待て。わしは剣術指南に来たのではないぞ！　皆、机に向かえ！」

読み書き算盤《そろばん》の指南を頼まれてやって来たのに、剣術を教えたのでは約定に反する。

ここにいるのは棒手売りの魚屋や職工の子供たちだ。将来は親と同じ職に就く。剣術の修行などをして、なにになるというのか。武芸で身の立つ世の中ではない。

新十郎自身が身に沁みて知っている。

「剣術など身につけるだけ無駄である。読み書き算盤ができてこそ、銭も稼げる

ようになるのだ」

「えーっ。やだぁ。ヤットウの稽古がやりたいよぉ」

子供たちが一斉に駄々を捏《こ》ねる。ギャアギャアと喚いて手がつけられない。

「お前たちが稽古熱心なのはわかった！　まことに立派だ。だから、まずは鎮まってくれ」

叱っても言うことを聞かないので、泣き落としに近い有り様で、子供らをなんとか机に向かわせた。

（わしは、人の師には向いておらぬ……）

新三郎は心の中で愚痴を漏らした。


新三郎が指南を務める荒れ寺は古い掘割に面していた。掘割の岸辺は手入れもされずに荒れ放題で、葦《あし》の葉が風に吹かれて揺れていた。

葦の中を一艘の船が進んできた。屋根船だ。猪牙船《ちょきぶね》に屋根をのせて障子が嵌《は》めてある。人目につくことを嫌う人々が使用するものであった。

障子がわずかに開いている。その隙間から一人の女が鋭い眼光を覗かせていた。

飯綱屋お甲であった。

飯綱屋は〝逃がし屋〟を稼業としている。江戸から逃げ出そうとする者たちを手助けするのが仕事だ。道中手形を偽造し、街道筋の博徒には支援を依頼する。当然に〝江戸の闇を仕切る〟と評されるほどの大物にしか果たし得ない仕事だ。

飯綱屋の先代がまさにそうした大悪党であった。

先代が凶刃に倒れたのちは、後家のお甲が稼業を継いだ。店の男衆を配下に使って闇の仕事を続けている。

お甲は障子の影から顔を覗かせる。

「あの男が白光新三郎……？」

女人にしては低い声だ。

お甲の素顔を知る者は少ない。奪衣婆《だつえば》（三途《さんず》の川にいる鬼婆）のような老女だと、まことしやかに噂されていたが、実態はまだ三十に届かぬ妙齢で、整った顔だちの美女だった。睫毛《まつげ》の濃い、大きな双眸《そうぼう》を新三郎に向けている。

昨年、お甲は一人の浪人者を江戸から逃がした。それを追ったのが矢倉屋の追い首たちだ。勝敗はどちらにもつかなかったが、多くの配下を斬られてしまった。

お甲は、白光新三郎の姿と剣術を間近で見ていたわけではない。手下の猫助《ねこすけ》からの報告で新三郎の剣の侮り難きことを知ったのだ。

敵の実力はよくよく見定めておかねばならぬ。お甲はそう思案して猫助に命じ、白光新三郎の人となりと日常を詳しく調べさせた。

「だけどね……」

お甲の目が訝しそうに細められる。

「使い手とは見えぬ間抜け面だねぇ」

棹を握った猫助が「へぇい」と答える。お甲にだけ聞こえる声音で続けた。

「だけれども間違いはございやせん。野郎が白光新三郎。矢倉屋が抱えた追い首ン中でも、滅法な使い手でございまさぁ」

お甲はなおも訝しがっている。

荒れ寺で手跡指南をしているらしいが、悪餓鬼どもに振り回されていた。子供は人を見抜く。完全に舐めてかかっているのだ。

「人違いじゃあないのかい」

「あの野郎め、ああ見えて片山伯耆流《かたやまほうきりゅう》の使い手で、矢倉屋儀兵衛からの信用も篤いんで」

「領けない話だねぇ」

猫助は棹を握って水に差した。掘割の流れが急になったのだ。棹を操りながらでしょう?」

続ける。

「南町の当番与力の谷村《たにむら》様が、またぞろ目覚ましいお手柄をお立てになりやした

当番与力は同心たちを指揮して捕り物を行う役目だ。

「宇田川町の大島屋を襲った才蔵ってぇ凶賊を、お縄に掛けやした」

お甲が「その話は聞いたさ」と頷いた。

「才蔵のことも知っている。頭は悪いが腕は立つ。逃げ足も早い。町方の役人の手で捕まえられようとは思えなかったけどねぇ」

「もちろんでございまさぁ。才蔵を捕まえたのは谷村様じゃござんせん。下野国の犬伏まで出張ったのは、あの白光でござんすよ」

徳川幕府は典型的な縦割り行政で、役人が職権を行使できる管轄を細かく区分けしている。江戸の町奉行所が検断(警察権の行使)できるのは江戸市中の町人地に限られていた。

犯罪者が江戸の外に逃げ出したならば追いかけることもできない。

江戸の外に広がっているのは御料(徳川家の直轄地)や大名の領地だ。御料を

支配するのは幕府の勘定奉行所だ。

町奉行所は犯罪者が江戸から逃げた事実を勘定奉行所や大名家に報《しら》せて捕縛を依頼する。

手配書には人相風体、年齢などが書かれているが、よほどの特徴がない限り人別を見分けることは難しい。悪党たちは、江戸から脱出しさえすれば逃げきったも同然であった。

しかしそれでは納得できない人々もいる。大金を費やしてでも悪党を捕らえて、獄門台に送ってもらいたいと考える者がいる。例えば犯罪の被害者たちだ。依頼を受けて悪党どもを追っていくのが〝追い首〟と呼ばれる仕事師たちであった。

「……おっと、白光の野郎がこっちを見ていやがりやすぜ」

お甲は障子の陰に身を隠した。

「こちらに気づいたようかい？」

「いんや。ぼんやりと眺めているばっかりだ。なんだか昼寝の猫みてぇな面ぁしていやがる。おっと野郎め、後ろから悪餓鬼に引っぱたかれやした。ヤットウの稽古の最中にぼんやりしている師匠ってのはさまにならねぇや」

お甲は黙った。あまりに長い時間を黙り込んでいたので猫助が質した。

「何を考えていなさるんですかね」

お甲は答えた。

「白光をこっちに引き込む算段さ」

「矢倉屋から引き抜こうってぇお考えで？」

「白光は旗本の部屋住。歴《れっき》とした侍だよ。矢倉屋に忠義を誓ってるわけじゃあないだろう。矢倉屋に銭で雇われた身なら、こっちの銭に心を惹かれないわけがないだろうさ」

「へい。左様ですな」

「敵に回して面倒な相手なら、味方につけるのが一番なのさ」

寺の鐘が鳴った。子供たちが歓声を上げた。どうやら指南はこの時刻までと決めてあるらしい。解放された子供たちが新三郎に挨拶をして帰っていく。

子供たちが帰っても新三郎は帰らない。一人で机に座って、子供たちが書き上げた清書に目を通している。

「小銭で雇われた仕事でも、きちんとこなす質《たち》らしいね。律儀なことだ。気に入ったよ」

その時、猫助が注意を促した。

「男が走ってきやすぜ」

中年男が満面を朱に染めてやってくる。息を切らせて大汗を流していた。

「ずいぶん慌てていやがるぜ。なんか起こったのか？」

お甲も目を鋭くさせた。

「矢倉屋の者かい？」

「いいや。見たことのねえツラですぜ」

その男は、お甲たちにはまったく気づかず、手跡指南の古寺の中に飛び込んだ。

五

「白光の旦那ッ」

板戸を蹴破りそうな勢いで一人の町人が飛び込んできた。四十がらみの貧相な男だ。

「治《じ》兵《へ》衛《え》か。血相を変えてどうしたのだ」

「大《て》ぇ変《へん》なんだ！　道場破りだッ」

手跡指南所の近くに愛洲移香流《あいすいこうりゅう》剣術の町道場がある。治兵衛はそこに仕える下僕だ。

「ウチの若先生じゃあ、とうてい勝てそうにねぇッ。後生だ旦那ッ、助太刀をしておくんなせぇ！」

新三郎は添削の筆を置いた。

「そう言われてもだな、子供らの手直しをせねばならぬし……」

墨で書かれた文字の上に朱墨を入れて文字の間違いを正すのだ。

「そんなのは後だってできるでしょう！　こっちは一刻を争うんで！」

「試合で手に怪我をしたら、手跡指南の務めが果たせぬ」

のんびりとした顔で答えると、それが素《す》であるのだが、治兵衛は〝駆け引きをされている〟と感じたらしい。

「もちろんタダでとは申しやせんッ。百文！　いいや二百文、出しやすからッ」

「二百文か……」

まぁ、悪くない、などと新三郎は考えた。

「しかしだ。拙者に払う二百文があるのなら、道場破りにその銭を渡してお引き取り願えば良いだろう」

「馬鹿言っちゃいけやせん。今どきの道場破りが二百文ぽっちで引き下がるもんですかい。二両や三両はふんだくられますぜ」

「そういう話なら拙者も、助太刀をするより道場破りをしたほうが儲かるではないか」

「白光の旦那はそんな没義道《もぎどう》はなさらねぇ。あっしは旦那のお人柄を見込んで頼みにきたんでがす！」

新三郎は次第に呆れた心地になってきた。

「まぁ、様子を見るのも兼ねて、顔を出してみるか……」

袴の裾を捌《さば》きながら立ち上がる。

「お頼み申しますよ！　あっ、それから」

「まだなにかあるのか」

「あくまでもウチの道場の門弟ってことで、そういう芝居をお願ぇしやす。ウチの流派の太刀筋を真似てもらわなくちゃならねぇ。お得意の居合を使ったりしちゃあいけやせんぜ」

「やれやれだなぁ」

ますます呆れ心地だ。

新三郎は治兵衛に手を引かれながら、隣町の道場に向かった。

佐古田《さこた》道場は、先代の道場主の頃には隆盛を誇っており、門人の数も多かった。大名屋敷に出稽古に赴くことさえあったという。しかし当代の道場主はどうにも見劣りが否めない。老門弟が道場を支えているけれども、すっかり閑古鳥が鳴く有り様だ。

当代の師範は名を佐古田厳柳斎《げんりゅうさい》と号している。名乗りは立派だが剣の腕は冴えない。門人が辞めてしまうのは、道場主の器ではないと見限られてしまったからだ。それならば道場を畳んでしまうのがいちばん良いと新三郎は思っている。しかし佐古田厳流斎は「亡父の剣名を損なうまい」と励んでいるわけで、懸命なその姿を見ると、見捨てるに忍びない心地となるのであった。

町道場は、その名のとおりに町人地にある。佐古田道場には、多くの人が集まっていた。道場の窓から中を覗いている者までいた。

「ずいぶんと盛んじゃないか」

いつの間にこれほどの評判を呼ぶ大道場になったのか。

「馬鹿言っちゃいけやせん。こいつらはみんな野次馬でさぁ。道場破りが来たって聞いて、見物に来たんですぜ」

「暇人がずいぶんたくさんいたものだなぁ」

江戸の庶民に娯楽は少ない。武芸者の果たし合いは、願ってもない見せ物なのだ。

「こんな大勢が見守る中で戦うのか。気が重い」

「皆が見ている前で負かされるウチの若先生のほうが、もっと気が重いですぜ」

治兵衛に腕を引かれて道場の中に引きずり込まれる。治兵衛が叫んだ。

「若先生！　先生ご自慢のご高弟の、白光新三郎様がご着到ですぜ！」

するとなにゆえか、窓の外に鈴なりになった野次馬たちが「ワッ」と沸いた。

「待ってました、新さん！」

新三郎は眉根を寄せた。

「……新さん？」

この中に、馴《な》れ馴《な》れしく呼ばれるほどに親しい者がいるとは思えない。

「芝居の役者が登場したわけでもあるまいに」

道場を勝手に覗いて囃《はや》し立てている。江戸っ子の図々しさと調子の軽さには呆れるばかりだ。

なんと物好きなことに、おこそ頭巾の女の姿まであった。男に混ざってこちらを見ている。

道場奥の見所《けんしょ》（一段高く床が上げられた道場主や来客が稽古を見守るための場所）に細面の若い男が座っていた。夏羽織と袴をきちんと着けている。顔色が悪い。道場主の佐古田巌柳斎その人であった。

目をオドオドと泳がせながら、ゴホンと咳払いした。

「し……白光か。ゴホン、本日は遅かったな」

新三郎は（これも人助けだ）と思い、道場の板張りに正座した。

「稽古の刻限に遅参いたしましたこと、お詫び申し上げまする」

そう言いながら道場内の様子に目を向ける。道場には数少ない門弟たちが座っている。先代道場主の薫陶を受けた古株だ。剣術の修行のために通っているというよりは、気の置けない仲間同士で交際するのが目的で集まっている。そんな老体ばかりであった。

道場の真ん中には、道場主に正面を向けて――つまり新三郎には背を向けて、一人の浪人が座していた。後ろ姿を見ただけで使い手だとわかる。薄い夏物の帷《かた》子《びら》越しに、肩の厚い筋肉や鍛えられた背筋がよく見えた。

新三郎は厳柳斎に低頭しながら言った。

「道場破りが推参したよし、聞き及びました。なにとぞ拙者に手合わせをお許しいただきたく、願い申し上げまする」

厳柳斎はホッと安堵の心地であったはずだが、厳《いか》めしげな顔を取り繕う。

「この厳柳斎みずからが手合わせをせんと思うておったところじゃ。水を注すな、と叱りおくべきところなれど、日頃のそなたの稽古熱心に免じて許す。存分に手合わせいたすが良い」

よくもこんなに白々しい台詞《せりふ》がスラスラと出てくるものだと感心してしまう。厳柳斎の整った細面は、武芸者よりも役者に相応《ふさわ》しいと思う。

厳柳斎は正面の浪人に目を向けた。

「これなる白光はまだ若いが当道場の高弟である。この者に勝ち得たならば、わしが稽古をつけてつかわそうぞ」

ますます茶番めいてきた。馬鹿馬鹿しくもなってくる。

そうは思ったものの、二百文で引き受けた約束を反故《ほご》にしたのでは寝覚めが悪い。

道場破りの浪人は嗄《しわが》れた声で答えた。

「何人《なんぴと》であろうと厭《いと》うものではござらぬ」

「よかろう」

厳柳斎は答え、新三郎は立ち上がると壁に向かい、壁に掛けられた木刀を手に取った。

浪人者も立ち上がり新三郎に身体の正面を向けた。新三郎は、

(こんな老体であったのか)

と、意外に感じた。後ろ姿の印象では三十代の半ばほどに見えたのだが、深い皺を刻んだその顔は、五十を過ぎた老人のものであったのだ。

老人は腰の脇に置いてあった木刀を摑んでビュッと一振りした。

「信州《しんしゅう》浪人、百々木弥一郎《ももきやいちろう》」

名乗りを上げる。

新三郎も正眼に構えて切っ先を百々木に向けた。

「白光でござる。お願いいたす」

百々木は顎を引いて構えた。その姿はさながら風雪を耐え抜いた古木のようだ。枯れきっているようでいて力強く、どっしりと大地に根を生やしたように身動《みじろ》ぎしない。

（やはり、できる……）

　厳柳斎では相手になるまい。治兵衛が自分を呼びに走ったのは良い思案だった。などと一瞬思ったが、すぐに厳柳斎のことは放念した。木刀一振りに意識を集中させる。さもなくば即座に打ち込まれる。百々木の気合が新三郎を否応なしに真剣にさせた。

（この気迫、まるで怒濤《どとう》の渦巻くような……）

　殺気が押し寄せてきて新三郎を圧倒する。

　大きな滝を眺めていると吸い込まれそうな心地になるが、それに似ていた。渦巻く気迫にのみこまれてしまう。

　百々木の姿と顔がはっきり見えない。このままでは打ち込まれる。

　新三郎は木刀を目の高さに上げて気合を籠め直した。眼光鋭く睨み返す。百々木が放つ殺気の渦を木剣一筋の闘志で切り裂いていく。

　渦が払われ、百々木の姿がはっきり見えた。瞬間――、

「イヤアッ！」

　新三郎の身体が跳ねた。ドンッと踏み出しつつ木剣を鋭く振り抜いた。

　百々木の肩を狙った一撃がカッと打ち払われた。新三郎の剣が流れる。

百々木が踏み出した。

「ダァーッ！」

まるで雷のような迫力だ。新三郎の胴を打たんとした。身体と身体が激突するほどに密接した。

新三郎は打ち払われた力に逆らわずに身をかわした。百々木の木剣は空振りする。すかさず新三郎が打ち込む。小手を狙った一撃は百々木が片手を木刀から離すことで避けられた。

互いに空振りして行き過ぎる。新三郎は斬撃の気配を察して腰を落とした。膝を床について身を屈《かが》める。新三郎の背中を狙った百々木の木刀は外れた。

百々木は木刀を振り抜かない。新三郎が体を返しざま、横殴りの一閃を繰り出すことを予期して、我が身を守る位置にピタリと止まった。

二人は交互に退《さ》がって間合いを取った。

（……やはり、できる！）

青眼に構えた新三郎のこめかみを汗がスーッと流れた。予見した通りの、否、それ以上の使い手だ。

再び百々木と向かい合う。今度は百々木は気迫をスウッと引っ込めた。怒濤のような殺気が消えた。新三郎のことを、気合で圧倒できるような軽い相手ではないと見て取ったのだ。

構えも小さく纏《まと》まっている。木刀を大きく振り回す剣技では互いの身体に届かない。振り上げて振り下ろす僅かな隙にかわされてしまう。となれば、切っ先を小さく使う技に移行するしかない。

百々木の木刀は新三郎の小手を狙いにきている。新三郎も望むところだ。故意に切っ先をスッと下げて打ち込みを誘った。すかさず百々木が打ち込んでくる。そこを打ち払って返す刀で小手を狙ったが、百々木は木刀を巻きつけるように動かして防いだ。新三郎の切っ先はわずかに逸《そ》れて流れた。

またも瞬時に後退する。間合いを取って睨み合う。

まさに〝小手調べ〟といったところだ。しかし、これだけの遣り取りで互いの力量が知れた。

(次に打ち合ったなら……、どちらかの拳が砕かれる)

新三郎はそう実感した。勝敗は紙一重で決まるだろう。拳を砕かれたほうが木刀を取り落とす。そこへ二之太刀が打ち込まれる。強打をくらって粉砕されるのは肩の骨か、それとも頭蓋骨か。生涯腕が不自由になるか、それとも脳漿《のうしよう》をまき散らして即死するか。

ジリジリと時が過ぎる。二人はまったく身動きしない。瞬きすらできない。

道場に座る門弟たちも、窓に張りついた野次馬も、二人の戦いに引き込まれ、息をすることも忘れて見守っている。

道場主、厳柳斎の顔色は真っ青だ。細身の身体を激しく震わせている。

ここで止めねば二人のうちのどちらかが死ぬ。自分の道場が血まみれになる。試合を止めることができるのは道場主だけだ。「それまで！」と声を発しようとして腰を浮かせ、しかし緊張で何もできずにうろたえた。

新三郎と百々木は睨み合いながら間合いを詰める。殺気と殺気がぶつかり合う。派手に木刀を打ち合ってはいないが、気と気で攻防を繰り広げている。木刀の切っ先が揺れる。打ち込みの隙を狙うと、相手は打ち込みを防ぐために切っ先をわずかにずらす。二本の木刀のかすかな〝揺れ〟は、凡百の剣客の打ち合いにも匹敵する死闘だ。気力と気力の削りあいだ。

道場の空気までもが震えた。

厳柳斎はこの緊張に堪えられなくなった。

「そっ……」

そこまで！　と叫ぼうとして声を絞った。瞬間、空気が弾《はじ》けた。剣客二人が同時にドンッと床を踏む。木刀が振り出された。

木刀と木刀が交差して、切っ先が互いの顔の前にピタリと突き出された。その格好で身動きしない。瞬きもせずに睨み合っている。

門人たちと野次馬が見所の厳柳斎に顔を向けた。

「しょ、勝負は……」

老門人の一人が掠れた声を出す。勝敗を判定するのは道場主の仕事だ。それは厳柳斎もわかっている。だが彼の目では勝敗が判別できない。あまりにも素早い一閃で何が起こったのかもわからない。

厳柳斎は身震いする。舌ももつれていた。それでも必死に声を絞り出したのは、そうせねば道場主の矜持《きょうじ》と立場が守れないと思ったからだ。

「そ、双方……相討ち！」

人々が一斉に息を吐いた。新三郎と百々木も木刀を引いて、互いに後退した。木刀を下ろして低頭する。見守っていた人々は、またも一斉に大きな息を吐き出した。

厳柳斎は二人に向かって何か声を掛けようとしている。しかし言葉が見つからない様子だ。ひたすらに目を泳がせている。満面の脂汗だ。

百々木は見所に向かってスッと低頭した。

「当道場の実力、しかと見届けさせていただいた。ご門弟で相討ちならば、先生にはとうてい勝ち得ますまい。しからばこれにて御免」

木刀を脇に握ると厳柳斎に背を向けてズンズンと出て行く。皆、呆気にとられて見送った。

第二章　囚人、逃走す

一

新三郎は佐古田道場から走り出た。百々木弥一郎の後を追った。

百々木は道の真ん中を歩いている。野次馬たちが怯《おび》えと尊敬の混ざった目を向けつつ道を空けた。百々木は野次馬には関心がないらしい。無人の野を行くが如くに歩んだ。

新三郎は百々木の背を追う。声を掛ける前に百々木は足を止め、振り返りもせずに質した。

「何用か」

新三郎が追ってきたことには気づいている。これほどの剣客ならば当然だ。

新三郎は百々木の背に向かって言った。

「今の試合、貴殿の勝ちにござる。貴殿が木刀を振り抜いていたならば、拙者の拳は打ち砕かれており申した」

百々木は振り返った。

新三郎は（おやっ？）と思った。見れば意外に小柄である。六尺を超える大男だと感じられていたのだが。

その錯覚は無論のこと、百々木の気迫の大きさによって引き起こされたものだ。

百々木はちょっと眉をひそめた。

「そこもとは、己の師匠の見立てに異を唱えるのか」

引き分けだと宣言したのは厳柳斎だ。新三郎は厳柳斎の門人ということになっている。

新三郎は（しまった）と思った。それが顔に出たらしい。

百々木はニヤッと笑った。

「道場の高弟という触れ込みは嘘だったのだな。銭で雇われての助太刀か。まぁ、銭で雇われる武士など昨今珍しくもない。よくある話だ」

百々木は邪気もなく声をあげて笑った。

「銭のためならば是非もない。こちらも卑しき道場破りだ。気になさるな」

野次馬たちは解散し、通りを商人たちが行き交っている。ここは江戸の町人地。商人の町だ。皆忙しそうに働いている。道に立つ武士のふたりに目をくれるものはいない。

新三郎は懐を探って、治兵衛からもらった二百文を摑み出した。

「これをお受け取りねがいたい」

百々木に向かって突き出す。百々木は不思議そうな顔をした。

「なんじゃ、それは」

「助太刀の駄賃でござる」

「ならば、そこもとの懐にしまっておけ」

「拙者、手跡指南の助太刀もしており申す。拳を砕かれていたならば手跡指南のたつきが得られなくなっており申した。貴殿のお陰で仕事を失わずに済んだのでござる。どうぞお受け取りを」

金満を絵に描いたような肥満体の商人や、仕立ての良い着物をつけた若旦那、美しく着飾った娘たちが行く。

一方で武士の二人は、二百文のために命の遣り取りをした。

「左様ならば、その銭で馳走になるか。腹が減った」

百々木は微笑むでもなく真顔でそう言った。

「では、拙者の馴染みの店で」

二人は近くの一膳飯屋の縄暖簾《なわのれん》をくぐった。


野次馬として道場を覗いていたおこそ頭巾の女が道に立った。二人が入った縄暖簾に目を向けている。

一人の男がこっそりと歩み寄ってくる。女は振り返りもせず、その男に声を掛けた。

「爺《じじい》が勝ったね」

「へい。爺の勝ちでござんした」

飯綱屋お甲と猫助である。道場主の厳柳斎でも見極めのつかなかった勝敗を、この二人は見抜いていたようだ。

お甲は無言だ。猫助が薄笑いを浮かべながら質した。

「何をお考えですかね」

「次の仕事のことさ。うってつけの浪人が見つかったじゃないか」

「へっ？　白光を引き抜くんじゃなかったんで」

「そのつもりだったけどね。矢倉屋から追い首を引き抜くよりも、浪人を雇ったほうが手っ取り早い。それにさ、いま見た通りに白光よりも強いんだからね」

「道場破りを稼業にしている野郎だ。銭のためなら汚い仕事でも引き受けましょう」

「そういうことさ。話を持ちかけるがいい」

「へい。合点しやした」


新三郎と百々木は、一膳飯屋の板敷きで向かい合って座った。

銭を受け取ることは遠慮した百々木だったが、酒を頼むことには遠慮がなかった。よほどの酒好きであるらしい。

「江戸の酒は美味い。他人の懐をあてにして飲むと思えば、さらに美味い」

酔うと明るくなる質らしい。冗語を飛ばして大笑いした。笑うと目尻が下がり、顔じゅうに皺ができて愛嬌のある顔となる。まるで百姓の好々爺《こうこうや》だ。試合で見せた殺気は微塵《みじん》も感じられなかった。

気迫の出し入れまで自由自在とは、やはり希代の名人――と新三郎は思った。

百々木は手酌で湯呑茶碗になみなみと注ぐと、喉を鳴らして飲んだ。それから新三郎に向かって説教もする。説教上戸でもあるらしい。

「そこもとはまだ若い。人生のやり直しができようぞ。剣など捨てて、算盤でも習ったがよかろう」

これが他の人物による説教だったなら新三郎も憤然としたであろうが、あれほどの腕を持ちながら尾羽うち枯らした老剣客に言われてしまっては、言い返す言葉もみつからない。

(百々木殿ほどの名人でも、剣で身を立てることは叶わぬのか……)

剣を捨てて算盤でも習え、という言葉は、揶揄《やゆ》や侮辱ではなく、心底から新三郎を思いやってのものだと思われた。

説教を続ける執拗さはないようで、百々木は酒と肴で美味そうにやっている。新三郎は老剣客の振舞いを見つめる。「他人の懐をあてにして飲む酒は美味い」などと言っていたわりには卑しさがない。

「……御貴殿は」

思わず訊《たず》ねた。

「拙者を倒せば道場から、なにがしかの金をせしめることができたはず」

道場と自身の名誉を損ないたくない厳柳斎は内緒の金でかたをつけようとしたはずだ。

「それなのになにゆえ、手を引かれたのでござるか」

百々木は「ふむ」と答えてわずかに思案する顔つきとなり、次にはカラッと笑った。

「白光殿と手合わせをしているうちにだな、銭のことなど、どうでも良くなってしまったのだ。いやぁ、いかんいかん。こんなわしにも剣に対する真摯な思いが残っておったようだ。ここはがめつく迫って銭をせしめるべきであった。失態、失態」

酔って赤くなった額をピシャリと叩く。そしてまた、手酌で酒を注ぎ、飲み干した。

「……有体に申せば、銭などどうでも良いのだ」

「それはいかなるお言葉で」

「道場破りを続けておれば、いつかきっと、わしより強い男に出合う。どうあがいても、工夫しても勝てぬ。そんな強い男が、この世のどこかにきっとおる」

百々木は眼差しを天井に向けた。まるで少年が、明るい未来を夢想しているかのような表情だ。

「わしは一刀の下《もと》に打ち倒されて、この無様な生涯を閉じる。今のわしにとっては、それが最後の望みなのだ」

「強い敵と巡り合うために、道場破りを続けておられるのですか」

「そういうことになろうな」

百々木は寂しそうな笑みを浮かべて茶碗酒を呷《あお》った。

「わしの剣も、寄る年波には勝てず、衰えゆく一方だ。大願成就も、そう遠い日のことではあるまいよ」

百々木は努めて明るく振る舞っている。

「酒を飲んだら面白い話のひとつもせねば、とは思うておるのだが、わしにできる話といえば剣談ばかりじゃ。しかも興がのるとだな、『しからばこれより一手ご指南つかまつる！　外に出られませィ』などと言い出してな。ハハハ、えらい迷惑な年寄りじゃよ」

百々木は良い加減に酔うと、「馳走になった」と一言残して出ていった。

二

百々木は心地よいほろ酔い加減で夜道を歩いている。

久方ぶりに気持ちの良い男と出合った。百々木をして瞠目《どうもく》せしむるほどの使い手でありながら飄然《ひょうぜん》としている。習って身につく物腰ではない。もって生まれた人徳であろう――と思った。

(浪人とも思えぬが、いったいどういう身の上なのであろうかな)

などと考えたが、相手の素性など推察したところで何にもならぬ、と考え直した。こちらは浪々の身。江戸には百万の人々がいる。二度と邂逅《かいこう》することもないはずだ。

(そろそろ江戸にも飽きた……)

百々木は夜空の星を見上げた。

期待した剣豪に巡り合うことはできなかった。もちろん江戸は武士の都で、日本屈指の剣客も大勢いるはずだ。しかしそうした大物は将軍家や大名家のお抱えになっていて、一介の浪人と手合わせをしてくれない。

（旅の暮らしに戻るか……）

北関東には名の知れた道場がいくつもあって、剣術が大いに興隆しているとも聞いていた。町人が幅を利かせる江戸よりもずっと猛々《たけだけ》しい土地柄だから豪傑も多いに違いない。

（よし、江戸を離れよう）

百々木の決断は早い。そうとなればいかにして旅の費用を手に入れるか。そんな思案を巡らせながら歩き続けた。

と、その足がピタリと止まった。

「何者だ」

闇に向かって誰何《すいか》する。真っ暗な木立の陰から一人の男が物音もなく現われた。

掘割を流れる水の音だけが聞こえてくる。男が身を隠していたのは土手の土留めに植えられた木の裏だ。この辺りには常夜灯も軒行灯《のきあんどん》もなく、夜道は漆黒の闇であった。

「へへっ、さすがだ。お見通しでござんしたか」

男がふざけた口調で答える。油断なく身を屈めた様子といい、あきらかに不逞の者だと察せられた。

「わしを待ち構えておったのか」

百々木は腰の刀を閂差《かんぬきざ》しに直した。抜刀して斬りつけることのできる差し方だ。

道場破りを続けていれば、当然に恨みを買い、曲者《くせもの》を差し向けられることもある。そのようにして送りつけられた刺客だと考えたのだ。

男は百々木の殺気に気づくと、サッと二、三歩後退した。片手を伸ばして手のひらを突き出す。

「待っておくんなせえ。あっしは旦那と話がしたくて待っていたんでござんすよ。やり合うつもりはねえ」

それでも百々木は油断なく身構えながら質した。

「話とはなんだ？」

「この夕方、道場で試合っているお姿を拝見させていただきやした。てぇしたヤットウ使いの先生だと感服つかまつったってぇ次第で」

「用件はなんだ」

「そのお腕前に値段をつけさせていただきてぇんで。一つの仕事につき十両でいかがでござんしょう」

百々木は鋭い目で男を睨みつけた。

「まっとうな仕事とは思えぬな」

「もちろん、今どき十両もの大金を出そうってんですから、まっとうな仕事じゃあござんせんよ。隠したって始まらねえ。ご賢察の通り、裏の稼業にござんす」

「悪事の誘いか。断る!」

きっぱりと言い放ったが、男は悪びれた様子もない。引き下がる気配もない。

「確かにお上の法度に触れちゃあおりやすがね、あっしらは人助けのつもりでやっておりやす。お上にいじめられてる弱い者《もん》を助けてやるのがあっしらの仕事なんでございやしてね」

ニヤリと笑った気配があった。

「そうは言われても、急に返事ができるもんじゃあござんせんでしょう。あっしもすぐさま返事が欲しいとは申しやせん。もしもその気になったンなら、そこの祠《ほこら》の前まで来ておくんなせぇ。仲間が見張っておりやす。あっしがすぐに駆けつけて、詳しい話をさせていただきやす」

男は傍らにあった稲荷の祠を指差した。小さな祠と鳥居が路地に建っている。

百々木は「ふんっ」と鼻息を吹いた。

「無駄だぞ」

「商売は無駄が元々。気長にやらせていただいておりやすんで、ご案じなく」

男の影が闇の中に駆込んだ。すぐに気配も消えた。

百々木は刀の鞘を、歩きやすい落とし差しに直した。

「江戸には不可思議な者どもがおるな……」

自分の剣を悪党のために使うつもりなどはなかった。そんな気持ちがあるのなら貧乏暮らしをしていない。百々木は浪人である。悪事の誘いは何度もあったが、そのたびに断ってきた。

百々木は、後ろを追っけられていないことを確かめながら、塒《ねぐら》としている長屋へ向かった。


新三郎は百々木が帰った後も飲み続けていたが、一人で飲むのも味気なく感じられてきて、腰を上げた。

親仁が飲み代を取りにくる。銭を受け取りながら「おやっ」と声を上げた。

「この根付は旦那の持ち物でござんすかね？」

新三郎も目を向ける。百々木が使っていた膳の下に根付が落ちていた。

「いいや拙者の物ではない。すると百々木さんの持ち物か」

親仁が拾い上げて近々と目を寄せた。

「根付だけ落っことしていくってのは珍しいや。財布も一緒に落としていってくればいいのにな」

などと冗談を口にしつつ首を傾《かし》げる。

「だけれどもコイツぁ瑪瑙《めのう》でできてる。ちょいとした値打ち物ですぜ」

「拙者が預かっておく」

新三郎は受け取って袂《たもと》に入れた。

「もしも今の御仁が探しに来たなら、海望寺の手跡指南まで来てくれと伝えてくれ。拙者はそこで指南をしておるから」

手間賃として銅銭の三枚ばかりを握らせて、新三郎は外に出た。


百々木は自分の長屋に戻った。そして、またもや異変に気づいた。

長屋が騒がしい。夜中だというのに皆、起き出している。

江戸の町人は朝が早い。日の出とともに働き始める。女たちは日の出の前から飯を作る。

夜間に灯す油は高額なので、庶民は夜なべ仕事などしない。日が暮れる前に夕食をとって寝てしまうのだ。

(今夜に限って、なにゆえ皆、起きておるのだ)

祭でもないし庚申待《こうしんま》ちでもない。夜中に起きている理由がない。

長屋の女房の一人が擂粉木《すりこぎ》棒を構えて走ってきた。

「また来たんだね！　性懲りもない悪党めッ」

殴られそうになったので「待て待て」と百々木は制した。

「わしだ。いったいなんの騒動だ」

女房は「あっ」と言って擂粉木棒を下ろした。百々木とは、親しく口を利く仲ではないが、顔見知りであった。

「先生だったのかい。千蔵《せんぞう》一家の用心棒かと思ったよ」

長屋の住人たちは百々木のことを先生と呼ぶ。剣術指南の先生だと思い込んでいるからだ。それはさておき、ますますもって不可解だ。

「千蔵一家とは？」

江戸に住みついてまだ半年だ。知らないことも多い。

「隣町のヤクザ者さ。岡場所、金貸し、賭場の開帳とやりたい放題だ。その質の悪い悪党に、お美佐《みさ》様が引っかかっちまってねぇ……」

美佐は同じ長屋の住人で、浪人の娘であった。母親と二人で暮らしている。父親はどこにいるのか、どういう事情があっての長屋暮らしかは知らない。武士が浪人になった理由など、恥以外のなにものでもないので誰も聞かない。

女房は声をひそめた。

「お美佐様がね、お内儀様の薬餌代のために借金しちまったらしいんだよ」

長屋の町人たちは、武家の二人に遠慮して、美佐には様をつけて呼び、その母親のことはお内儀様と呼んでいた。

美佐の母親は長患いに苦しんでいる。薬を必要としていた。しかし、と百々木は首を傾げた。

「借金などして、返済のあてはあったのか」

「返せないから、千蔵一家がお美佐様を攫《さら》いに来たんじゃないか。借金の形《かた》に売り飛ばそうってぇ魂胆なんだよ！」

「それは非道な」

「だからよォ、先生もその刀をひん抜いて、ヤクザ者を追い払っておくれよ」

路地に集まっている長屋の住人たちは、美佐を連れ去られないように見張っていたのだ。

ひとつの長屋は家族も同然だという。美佐は気立ても良く、長屋の子供たちに読み書きなどを熱心に教えていた。皆から愛される娘であったのだ。

だが……、と、百々木は考えた。非道なヤクザが相手であろうと、借金の証文は有効だ。返済できないのなら身を売らねばならないのは事実で、町奉行所に訴え出ても相手にされない。

ちなみに身売りは若い娘に限らない。男でも売られる。小作農や奉公人として買われて労働力を搾取される。遊廓の遊女も建て前上は〝女中奉公〟ということになっている。江戸の法では合法なのだ。

感情に突き動かされるがままにヤクザと戦う決意を固めた長屋の者とは違って、百々木は冷静に思案した。

(借金を返すより他に、美佐を救う手立てはないぞ……)

百々木は女房に質した。

「借金はいかほどなのだ」

「利子も積もって八両だとさぁ」

「八両……」

女房は口惜しそうな顔をする。

「あたしらもなんとかしてやりたいけれど……、どんなに頑張ったってさぁ、貧乏長屋の者《モン》に八両なんて大金が工面できるはずがないものねぇ」

百々木の脳裏に、先ほどの男の姿が浮かんだ。闇の仕事を引き受けたなら十両を払うと言っていた。

裏社会の人間は、金銭の遣り取りだけは厳格だ。十両払うと言ったからには必ず十両払う。裏社会の信用はそれだけで成り立っている。

百々木は決断した。

「ヤクザが来たら少し待っていてもらえ。美佐殿にも、早まった真似はするな、わしの帰りを待て、と伝えよ」

女房は不思議そうな顔で百々木を見上げた。

「先生に、八両のあてがあるってのかい」

「ないでもない」

女房はまったく信じていない顔つきだ。八両もの金が工面できる人間が貧乏長屋で暮らしているはずがないから当然だ。

「必ず待っておるのだぞ」

百々木は念を押して踵《きびす》を返した。

三

罪人の移送には唐丸籠が使われる。竹を円筒形に組んで作った籠の中に縛られた罪人を入れて運ぶのだ。

沖宿の乙名、九兵衛を入れた籠が、小伝馬町の牢屋敷を出た。柳原《やなぎわら》通りの関東郡代役所に向かって進んでいく。牢屋敷での詮議を終えて、いよいよ裁きを言い渡される。

籠の中の九兵衛はがっくりとうなだれて声もない。拷問によって半死半生にされている。

厳めしい役人に先導された行列には江戸の野次馬も近づかない。皆が恐々と見守る中を籠はゆるゆると進んだ。

真夏の日中だ。路上から濃密な陽炎が立ち上る。町中のすべてが揺らめいて見えた。

荷車がやって来る。大きな荷が積まれている。荷には蠟引《ろうび》きの布（防水布）が被《かぶ》せられてあった。炭や塩など、濡れては困る物を運んでいるらしい。米俵を山と積んだ大八車もやって来る。江戸の町人地は文字どおりに大車輪で商いと流通に励んでいる。

荷車が唐丸籠の行列に気づいて道を譲った。籠の中身は血まみれの囚人だ。商品が血で汚れたりしたら大変だ。

と、その時、どこからか雷鳴のごとき音が轟《とどろ》いてきた。

「暴れ馬だぁ！」

道の向こうで叫び声が上がった。ドドドドドッと凄《すさ》まじい衝撃が地面を揺らす。

「何事だッ」

唐丸籠を宰領していた陣笠の武士が怒鳴る。商家の建ち並んだ道の向こうに馬の群れが出現した。鞍《くら》をつけている馬もいれば、裸馬もいる。江戸の市中を馬の群れが走る。考えられない事態だ。陣笠の武士は茫然となった。

牢屋敷の小者は事態をすぐに悟って武士に向かって叫んだ。

「お逃げくださいッ。馬蹄にかけられまするッ」

唐丸籠を担いだ小者たちも右往左往して逃げまどう。肩に棒を担いだままでは上手く逃げることができない。先棒担ぎが右に逃げようとしているのに後棒を担いだ者は左に逃げようとする。籠は道の真ん中でグルリと回った。

「逃げろォ！」

ついに小者たちは籠を投げ出した。ドスンと地面に投げ落とされる。そこへ暴れ馬の群れが突っ込んできた。

「きゃあああっ！」

女の悲鳴が耳をつんざく。瀬戸物の割れる音がする。馬蹄が地を揺らす。荷車が倒れる。崩れた荷が道に散乱する。

町人たちも、牢屋敷の小者たちも、関東郡代役所の役人も、算を乱して逃げまどった。

馬の群れが土煙を上げながら走り抜けていく。道に出ていた屋台や逃げた商人が放り出した荷など、あらゆるものを蹄《ひづめ》で蹴り飛ばした。

土煙で視界が塞がる。馬の群れが走り去り、今度は馬丁たちの十数人が走り抜けていった。馬を逃がしてしまった者たちだ。皆、必死の形相だった。

ようやく人馬が過ぎ去って、物陰に隠れていた人々も顔の前の塵《ちり》を振り払いながら道に出てきた。陣笠の役人の姿もあった。

破壊された品々が道に散乱している。役人はハッとなった。

「と、唐丸籠は……！」

牢屋敷の小者たちが血相を変えて戻ってきて、自分たちが放置した籠を見つけた。駆け寄って「あっ」と叫んだ。

馬の蹄で無惨に蹴り破られている。竹籠から囚人の身体がはみ出していた。

囚人は顔を蹄で踏みつぶされていた。脈など探らなくても死んでいるであろうことは明らかだった。

陣笠の役人は動揺しきっている。

「ろ、牢屋敷に戻せッ」

血まみれの死体を関東郡代役所に運び入れることはできない、と判断したのだ。

小者たちは壊れた籠を担ぎ直す。血が溢れて滴った。

「牢屋敷に医者を呼べ！」

役人が叫ぶ。小者は不思議そうな顔をした。

「医者、でございますか」

頭蓋骨を踏みつぶされた男に、なにゆえ医者が必要なのか。

役人は悪鬼にとりつかれたような顔で答えた。

「囚人は死んでおらぬッ。死んではおらぬのだッ」

移送の途中で死なれたとあっては、この役人の失態となる。責めを負わされる。よってまだ死んでいないことにする。責任逃れの策を弄しているのだ。

唐丸籠の行列は急ぎ足で小伝馬町牢屋敷に戻った。商人たちは散らかった荷を元に戻そうとしている。道端で一頭の馬がのんびりと草を食《は》み始めた。この馬だけは群れと一緒に逃げなかったらしい。縄を手にした馬丁がやって来て、馬の首に縄を掛けた。

蠟引きの布を被せた荷車がようやく進み出した。町の角を曲がって消えた。

四

白光新三郎は、その日も手跡指南の代行を請け負っていた。苦心惨憺《さんたん》しながら読み書きを教えていると、戸口に人影が立った。

手習いには行きたがらない子供も多く、親が無理やり引っ張って連れてくることがある。始業の刻限に遅れてくるのだ。珍しくもない話だ。

そういう親なのであろうと思って目を向けると、そこに立っていたのが矢倉屋の利吉だったので、新三郎は少しばかり驚いた。

「えっ、なんだ。お前は、この近在に住んでいたのか」

子供を預けにきたのか、と考えたのだ。

「拙者は指南の肩代わりをしておるだけゆえ、子の入門ならば、しばらく待ってもらいたい」

利吉は鼻を鳴らして笑った。本人に自覚があるのかどうかはわからぬが、小馬鹿にしているように見える笑みだ。

「あっしにゃあ子はおりやせん。先生に言伝てがあって来たんでさぁ」

「先生とは、ここの指南のことか」

「いえいえ。あなた様ですよ。矢倉屋の旦那が先生にご馳走してぇって言っておりやしてね。今日の暮れ六ツ（午後六時ごろ）、三河町《みかわちよう》一丁目の花紫《はなむらさき》までお越し願いてぇんで」

花紫は昨今評判の料理茶屋（料亭）だ。中堅旗本の冷や飯食いである新三郎は、暖簾をくぐるどころか、店の前を通ったことすらない。

（ずいぶんと奢《おご》ったものだな）

大枚を費やしてご馳走してくれる、その魂胆はなんなのか。もちろん仕事の依頼に決まっている。

(かなり厄介な仕事のようだ)

ともあれ新三郎は金銭の欠乏に悩まされている。仕事を回してもらえるのであればありがたい。

「伺う、と伝えてくれ」

そう答えると利吉はペコッと頭を下げた。

「早速のご承知、ありがてぇ。それじゃああっしはこれで。ご指南のお邪魔、悪ぅござんした」

軽い足どりで尻を向けると走り去った。

「やれやれ。またぞろ何が起こったのかな」

ぼんやりと見送っていると背後に怪しい気配を感じた。新三郎の耳がピクッと動く。

「えいっ！」

後ろから打ちかかってきた影を、サッと体《たい》を開いて躱《かわ》す。棒を握った悪餓鬼が前につんのめった。

「コラッ。習字をせよと申しつけたであろう！」

新三郎は悪餓鬼の衿を摑むと机に座らせた。

「手本を書いてやる。よく見ておくのだ」

筆を手にしてかな文字を書く。別の悪餓鬼が背後から忍び寄ってきたのでキッと目を向けて睨みつけた。

「センセイは背中に目があるみてぇだぞ」

悪餓鬼は、新三郎の手本には関心をせず、別の感心の仕方をした。

五

新三郎は料理茶屋に上がった。なにぶん、こういった店に来たのは初めてなので、見るものすべてがもの珍しい。入り口の横には板場があって、料理人が魚を捌いていた。反対側は店の主の帳場である。奥の壁には刀掛けが、壁の一面に取りつけられていた。店に入った武士は、ここで刀を預けるのである。

(まるで剣術道場のようだな……)

道場の壁にも門人の木刀が掛けてある。

しかしこれほどたくさんの刀掛けがある道場はないだろう。昨今の武士は、料理茶屋には通うけれども剣道場には通わない。

(兄上も、このような店で上役を接待しているのだろうか)

新三郎の長兄、白光忠太郎《ちゆうたろう》は幕府の納戸役である。将軍の持ち物を納める物置を管理する役目だ。

忠太郎は出世を志している。兄嫁は出世欲にとりつかれている。人事権を持つ上役に接待攻勢をかけていたのだ。三百石の家禄を、自分たちの生活費を切り詰めてまで賄賂《わいろ》の元手にしている。部屋住の新三郎の衣食に使う銭などはまったくなかった。

新三郎は仲居の案内で奥に向かう。廊下も、身分の高い人物が歩くための畳廊下と、板張りの廊下の二種類があった。「板張りの廊下など歩けぬ！」と威張る人物を客としているのに違いなかった。三百石の旗本の冷や飯食いとしては、萎縮させられてしまうこと甚《はなは》だしい。

「こちらのお座敷でお待ちにございます」

仲居が、閉められた襖《ふすま》の前で膝をつき、続いて奥に向かって、

「お客様のご到着にございます」

と告げた。

仲居が襖を開ける。座敷には矢倉屋儀兵衛と大黒主水《おおぐろもんど》が向かい合って座っていた。

大黒主水は生国も正体も不明な浪人だ。矢倉屋に雇われて追い首稼業を務めている。六尺近い背丈があって、身幅も胴回りも大きい。総髪の大髻《おおたぶさ》で、揉み上げから顎にかけて濃いひげが生えていた。

着ている物も真っ黒である。じつに暑苦しい。夏場にはお目にかかりたくない人物であった。

本日は料理茶屋に登楼すると知ってか、多少は身ぎれいにしてきたらしい。小大名の剣術指南役ていどには見える。

いちばん上座の床ノ間の前は空けてある。新三郎の席は大黒の横に用意してあった。

「白光様、ようこそお越しくださいました」

儀兵衛が恵比寿様のような笑顔で言った。

矢倉屋の裏家業は追い首の元締めだが、表家業は酒問屋で、月行事《がちぎょうじ》（同業者組合の役員）を務めたこともあるという大店《おおだな》だ。この座敷も、矢倉屋だからこそ取れたのだし、新三郎や大黒が登楼を許されたのも、矢倉屋が招いた客だからなのだ。

昨今の江戸は、武士が権威で飲み食いのできる町ではなくなっている。貨幣経済の発達で諸物価が高騰したのに、武士の俸禄は戦国時代と変わりがない。収入の根幹は年貢米で、その米も天明の飢饉の大凶作だ。数年にわたって収入が激減している。

新三郎は腰を下ろした。矢倉屋は愛想笑いを向けてきた。

「酌婦には遠慮してもらっておりましてな。色気のない座敷で申し訳もございませぬ」

盗み聞きをされたくないので人払いをしてあるのだ。

「まずは御一献」

儀兵衛に勧められたが、断った。

「仕事の話を先にしましょう」

酔っていては判断を誤ることがある。気が大きくなった挙げ句に危険な仕事を安請け合いしたら大変だ。

大黒主水も同意のようだ。この男は酒好きだが、杯は伏せられたままだった。

「左様ですか。……さすがは手前が見込んだお二方。油断がございませんな」

勧めた酒を断られてしまった儀兵衛であるが、むしろ嬉しそうな顔つきで頷いた。銚釐《ちろり》は脇に置いた。

「ならば無粋な仕事の話をいたしましょう。申すまでもございませぬ。このお江戸から、罪人が逃げ出したのでございます」

愛想笑いを浮かべていた儀兵衛だったが、両目がギラリと光った。笑顔のままで凄味を利かせる。闇の顔役の本性を顕《あら》わしたのだ。

「ただ逃げたのではございませぬ。一度は牢屋敷に入れられて、お上のお裁きにかけられようとしていた矢先に、逃げたのでございます」

新三郎は首を傾げた。

牢屋敷も護送の道中も警固は厳重だ。どんな怪力の持ち主でも、あるいはムササビのように身軽な者でも、逃走が可能だとは思えなかった。

「無論のこと、手引きをした者がおりまする。かような悪行を成し遂げ得る者は、この江戸でも一人《いちにん》しかおりませぬ。飯綱屋お甲……」

新三郎は「うむ」と唸った。

矢倉屋儀兵衛は罪人を追うのが仕事。飯綱屋お甲は罪人を逃がすのが仕事。商売敵《がたき》だ。

追い首になって日が浅い新三郎はよく知らないが、お甲の夫と儀兵衛との間では熾烈な戦いが何度も繰り広げられたらしい。

儀兵衛は話を続ける。

「牢屋敷に入れられた囚人を奪って逃がすなど、お上のご面目を丸潰しにする所業」

「どうやって逃がしたのです」

「牢屋敷から出て、関東郡代様のお役所に向かう途中で襲われました。初音馬場《はつねのばば》に集められていたお馬が暴れ出し、柵を破って逃げたのだそうで。その数は二十七頭と聞き及んでおりまする」

柳原通りの関東郡代の役宅の南に初音馬場があった。

馬場は武士が馬術を練習するために造られた広い空き地だ。

徳川の直臣は俗に〝旗本八万騎〟と呼ばれる。騎馬武者が八万人もいることになっている。

戦が始まったなら、旗本は馬に跨《また》がって戦場に赴く。その時になって「馬に乗れません」などと言うことになったら、士道不心得の罪で切腹。御家は断絶だ。

そういう次第で旗本は馬術を習わねばならない。嫌々通う武士もいれば、馬術を趣味として足繁く通う者もいる。いずれにしても大量の馬が飼われていたのであった。

儀兵衛は渋い表情で語り続ける。

「馬は臆病な生き物だと聞いております。馬の扱いに慣れた者——たとえば馬丁《たやす》として雇われたことのある者ならば、驚かせて狂奔させることなど、いとも容易きわけです」

大名屋敷の数だけ厩《うまや》(馬小屋)があって、馬の世話をする中間が雇われている。中間の身分は町人や、出稼ぎにきた百姓だ。

「素行の悪い者も多ぅございます。悪銭に目が眩《くら》み、悪事に加担する者もおりましょう」

新三郎は「しかれども……」と首を傾げた。

「馬を暴れさせることができたとしても、馬場には柵が巡らせてありますよ」

馬が市中に逃げ出さないようになっている。儀兵衛は大きく頷いた。

「その柵が、何者かの手によって細工をされていたのです。馬が体当たりをすればすぐに壊れるようになっておりました」

新三郎は「ううむ」と唸った。

「あらかじめ柵を壊してあったのならば、暴れ馬は故意の仕業だと断定できる」

「手前も同じ考えでございます。関東郡代役所に唐丸籠がやって来る。その時を見計らって馬を放ったのに相違ないのでございます。かくして狂奔した馬の群れは唐丸籠の行列に襲いかかり……」

新三郎は納得しがたい顔をした。

「暴れ馬を都合よく向かわせることができるのだろうか」

「壊れる柵が決められているのであれば、大きな荷車で道を塞ぐなどして、馬たちの走る向きを定めることができましょう」

「大路や脇道を荷で塞ぐとなると、ずいぶん大がかりな仕掛けとなるが」

「いかにも大がかりです。かように面倒な企てを謀《はか》る者は、このお江戸でも、そうそう多くはございませぬ」

新三郎は眉根を寄せた。

「なるほど、飯綱屋のお甲か。公儀の役人が護送する籠を襲うとは、大胆不敵にもほどがあるぞ」

「天も恐れぬ悪行でございます。お上のご面目を踏みにじる所業。ならばこそ、お甲の仕業に相違あるまいと当たりをつけたのでございます」

そう言ってから難しい顔つきで続けた。

「されど、逃がし屋もさるもの。お上の捕縛の手が伸びてこぬように謀ったのでございましてな」

「と言うと？」

「表向きには、唐丸籠の罪人を逃がしたとはわからぬように、更なる仕掛けを施したのでございます。唐丸籠は暴れ馬の群れによって踏みにじられました。そして壊れた籠には、蹄で踏み殺された骸《むくろ》が残されていたのでございます」

馬は、決して人間を踏まないように調教することができるが、軍馬は敵兵を踏み殺すように調教される。

「骸の顔は二目《ふため》と見られぬ有り様」

「人相の見分けがつかぬ、ということか」

「左様です」

ここで儀兵衛は声をひそめた。

「後で調べてわかったのですが、両国は回向院《えこういん》の投げ捨て墓地から、一体の骸が盗み出されていたのでございますよ」

江戸は百万人が暮らす町だ。毎日大勢の人が死ぬ。貧しい町人は、ろくろく葬式も出されない。墓地に大きな穴が掘られていて、投げ捨てられるのだ。

「骸を見張っている者はいませんし、そもそも盗み出されるとも思っていません。唐丸籠の囚人と年格好の似ている骸が運び出されて、顔を潰され、籠の近くに置き捨てられる……」

「代わりに籠の囚人が秘《ひそ》かに運び出されたのだと？」

「骸を運んできた荷車があったはず。骸を隠すために莚《むしろ》か布を被せてあったのでしょう。囚人はそこに潜り込めばよろしいのです。暴れ馬の喧騒に紛れて、その場を離れれば、まず、見咎《みとが》められることはございますまい」

役人たちは囚人の事故死を知って動揺しきっていたはずだ。自分が切腹させられるかもしれない。そんな最中に荷を検《あらた》めようとは思うまい。

儀兵衛は、今度は目を伏せて、瞼《まぶた》をショボショボとさせた。話が要点に差しかかった時に、そういう顔をする癖がある。

「お上は、関東郡代様と囚獄様（牢屋敷の奉行）のご面目を守るため、囚人を逃がしたことを隠しておられまする。ですがこのままで済ますおつもりもない。秘かに囚人を捕まえて、連れ帰るようにお命じになったのでございまする」

「いったい誰がそんな難事を命じられたのです」

「申すまでもなく、手前にございますよ白光様」

　儀兵衛は今度は、ほくそ笑んだ。

「この稼業、追い回す悪党は関八州に潜みますからね、関東郡代様とは懇《ねんご》ろにお付き合いさせていただかねばなりませぬ」

　役人の支援を得るために賄賂は欠かせない。

「関東郡代様も、手前どもの働きぶりを良しとなさってくださったのか、このようにありがたいご用命を賜りました」

　得意先が増えて喜ぶべきことなのか、なんなのか、新三郎にはよくわからない。

　無口でいつも黙って聞いている大黒主水が、ここで重い口を開いた。

「その囚人を見つけ出して捕まえろと、そういう仕事か」

　見た目に違《たが》わぬ太い声だ。

「いかにも左様で」

　儀兵衛は袂から懐紙に包んだ小判をふたつ出して、新三郎と大黒の膝前にそれぞれ進めた。

「支度金の三両でございます」

　愛想笑いを浮かべつつも、眼光だけは鋭く、二人の顔を交互に見た。

「ただ今、手の者を走らせて、逃げた囚人の居場所を探らせておりまする」

矢倉屋には〝走り衆〟と呼ばれる男たちがいて、関八州を自在に走り回り、情報収集にあたっている。新三郎たち追い首が捕縛に向かう際に支援をするのも走り衆の役目であった。

「件《くだん》の囚人は香取内海《かとりのうちうみ》に向かったらしい、とのこと」

香取内海は下総国《しもうさのくに》と常陸国の国境《くにざかい》に広がる巨大な湖沼の総称だ。霞ヶ浦《かすみがうら》や北浦、印旛沼《いんばぬま》や手賀沼《てがぬま》などが含まれる。

さらにその周辺は広大な湿地だ。地図では陸地になっているはずなのに、舟がなければ進むこともままならない。冬場などの乾期には陸地だが、夏場の雨期には水没する土地が多かった。

かような土地柄なので百姓の暮らしは貧しい。江戸に出稼ぎにくる町人には下総国の出身者が多かった。

それはさておき、下総や常陸の南部なら、成人男性の足をもってすれば二日で到達できる。先日旅した下野国よりはずっと近い。そのぶん気楽に感じられる。

新三郎も大黒主水も金がない。仕事にありつけるのならば内容は厭わない。

大黒主水が低い声音で、

「引き受けよう」

と言った。

新三郎にも否やはなかった。

「拙者も請けよう」

小判の包みに手を伸ばした。

「なにとぞよろしくお願い申し上げます」

低頭してから儀兵衛は廊下のほうに顔を向けて、パンパンと手を叩いた。

「話は終わったよ。膳を頼みますよ」

奥から「あーいー」と返事があって、仲居が酒と料理の膳を運んできた。儀兵衛はホクホクと笑み崩れている。

「下総や常陸では美味い酒も飲めますまい。今宵はどうぞ存分に堪能していってくださいませ」

女たちが侍《はべ》って銚釐の口を向けてくる。新三郎と大黒は喜んで受けた。

六

町中の通りを利吉が軽い足どりで走っていく。髷《まげ》をチョイと曲げた鯔背な姿だ。

「百々木弥一郎の塒は、この長屋ですぜ」

長屋の木戸を親指で示して小癪な笑みを浮かべた。

白光新三郎は安普請の木戸と、細くて汚い路地に目を向けた。

「よくもこんなに早く、百々木殿の棲家がわかったものだな」

江戸を離れる前に根付を返さねばならぬと思い、百々木の住居を見つけてくれるよう、利吉に頼んだ。江戸には百万の人々がいる。頼んでおきながら、まず見つかりはしまい、と思っていたのだが、利吉は簡単に見つけてきた。

「裏稼業の者の間《モン》では、ちょいと高名なお人でしたぜ。道場破りで恨みを買って、仕返しを仕掛けられたことが何度もあるらしいんで」

ニヤリと笑う。

「仕返しを頼まれるのは、あっしら裏稼業の者ですからね。まぁ、ちょっと調べりゃあ、塒ぐらいは筒抜けなんで」

「なるほど。それで、すぐにわかったのか」

「てぇした剣豪ですぜ。仕返しを仕掛けた奴らが一人残らず返り討ちにされて、腕の一本ずつもへし折られて戻ってきたってぇ話ですからね」

「百々木殿ほどの相手だ、剣や槍ではどうにもなるまい。鉄砲で撃ちかけるしかないだろう」

利吉は「へへっ」と笑った。

「お江戸で鉄砲なんか撃《ぶ》とうもんなら、お城の番衆がすっ飛んで来やすぜ。江戸中の小悪党どもが根こそぎ首を討ち取られやす」

町奉行所の与力と同心は役人（行政官）で、番衆は徳川軍である。

将軍のお膝元で鉄砲を使えば、犯罪ではなく戦争だと見做されて徳川軍が襲いかかってくるのだ。

そんなことをぼんやりと考えながら新三郎は木戸をくぐった。利吉は表通りで待つ。

長屋の者たちは、男も女も働きに出ているようだ。人の気配がなかった。貧乏暮らしでは女房衆も、夫の稼ぎだけでは生きてゆけない。

新三郎は、誰かに声を掛けて百々木の部屋の場所を質そうと考えていたのだが、当てが外れた。

　井戸端に立って思案していると、障子戸のひとつが開いて、若い娘が路地に出てきた。歳の頃は十六、七か。

（髷の形から察するに武家の、否、浪人の娘だな）

　町人と武士では髪形や髪飾りが違う。もしかすると百々木の娘かも知れない。そう思って声を掛けようとすると、娘の方も新三郎に気づいて足を止めた。脅えた表情を浮かべる。何故かは知らぬが、そのまま走って逃げてしまいそうな怖がりようだ。円《つぶ》らな目が泳いでいる。

　こちらがものすごい悪人になったような気がして新三郎は動揺した。

「怪しい者ではない」

　急いで言った。

「拙者は直参旗本、白光家の舎弟。百々木殿の知人である。百々木殿の忘れ物を届けに参った」

　懐から懐紙を出して広げた。懐紙の間には瑪瑙の根付が挟んである。

　娘の顔の緊張が解けた。

「それは、おじさ――いいえ、百々木殿が大切になさっていた根付……。十両で売れたとお聞きしました」

「十両で売れた？」

なんのことやら、わからない。

「拙者はこれを返しにきたのだ」

途端に娘が脅えた。

「十両を返せと仰《おつしや》るのですか！」

「すまん、何を言っているのかがわからぬ。そなたは百々木殿のご縁戚か」

「いいえ。拙《せつ》は、この長屋で暮らす者です」

「百々木殿はご在宅か」

「旅に出られました」

「旅か。いつ戻られる」

「わかりません。もう戻らないかも……」

「なぜそう言える」

「ご自身でそう仰っていました」

新三郎は天を仰いだ。

「困ったな。この根付をなんとしよう」

「十両を返すのは無理です」

「拙者は、十両とは関わりがない。……むむっ、十両もするのか、この根付。誰に売ったのかは知らぬが、ますますおざなりにできなくなったな」

売った人物に渡す前に失してしまったのか。

ともあれ、この長屋に用はなくなった。

「邪魔をしたな」

別れを告げて背を向けようとすると、娘が「お待ちを」と呼び止めた。

「百々木殿がお戻りになられましたなら、あなた様がお見えになったことを伝えまする。ご尊名をお伝え願います」

「旗本白光家の舎弟、新三郎だ。屋敷は神田駿河台《するがだい》にある」

娘は感嘆している。

「そんなお偉い御方とのお付き合いが、おじさんにはあったのですね……」

浪人の娘は、武士の家の子として育てられるが、暮らし向きは町人と同じだ。神田駿河台に屋敷を構える旗本といえば〝お殿様〟なのだ。

（そんなたいした者じゃないよ）

内心自嘲しつつ、新三郎は長屋を後にした。

「畜生め！」

伊三郎は鼬に似た顔で毒づいた。

江戸の夜道を歩いている。牢屋敷で、沖宿の乙名の九兵衛と出合い、頼まれて飯綱屋との繋ぎ役を果たした男だ。鼬ノ伊三郎などと二ツ名を名乗っているが、実際には取るに足りない小悪党であった。

「この俺様を虚仮《こけ》にしやがって！」

たった今まで賭場で博打にのめり込んでいた。負けを取り返そうと頭に血が上り、気がついた時には有り金のすべてを巻き上げられていた。

「クソッ、また一文無しに逆戻りかよ！」

九兵衛と飯綱屋との繋ぎをつけて、礼金の二百文を頂戴した。小悪党にとっては大金だが、伊三郎はまったく満足していない。

「この俺様を、たったの二百文でこき使うたぁ、どういう了見だよ！」

これを機会に飯綱屋で雇ってもらおうと考えていたのだが、邪険にされて追い払われた。それでも諦めがつかずに飯綱屋と九兵衛の周囲を嗅ぎまわった。

鼬ノ伊三郎は盗賊の下働きを務めたことがある。狙いをつけた商家に探りを入れるのが役目で、偸盗《ちゅうとう》の術の心得があった。コソコソと姑息に嗅ぎ回ることは得意なのだ。

「九兵衛は身代のすべてを飯綱屋に渡しやがった」

乙名といえば大百姓だ。田畑《でんぱた》を売れば数百両の金は手に入る。

「そのうちの十両が、百々木とかいう浪人の手に渡ったんだ」

小判を横からかっ攫ってやろうと考えて、百々木をこっそりとつけ回した。

百々木はその十両を、同じ長屋の娘に渡した。娘は小判を借金の返済に当ててしまい、博徒の一家の手に渡った。

こうなったらもう、伊三郎では手出しができない。

「畜生め！　なにもかも上手くゆかねぇッ」

身勝手な理由で伊三郎は憤激している。

どうあっても一泡ふかせてやらねばならない。そして九兵衛が飯綱屋に渡した金を横取りするのだ。

九兵衛がどこへ逃げたのかは知っている。乙名を務める沖宿に違いない。

伊三郎は九兵衛の顔を知っている。飯綱屋の猫助の顔も、百々木弥一郎の顔も憶えていた。

「この俺をたったの二百文で追い払ったヤツらに、吠え面をかかせてやるぜッ」

伊三郎は夜空に向かって叫んだ。


「十両の値がついたのですか？　これが？」

矢倉屋儀兵衛が手のひらの上の根付を見て、首を傾げた。

ここは京橋、大根河岸の矢倉屋だ。奥庭の離れ座敷で儀兵衛と新三郎が向かい合っている。新三郎は路銀を受け取りに来て、ついでに問題の根付を預かってもらおうと考えたのだ。

儀兵衛は天眼鏡まで持ち出して、じっくりと見てから目を上げた。

「瑪瑙とはいえ、一両もしない品ですよ」

「安物か」

「しかしですな。どういったご由緒があるのかわからないですからねぇ。たとえば千利休宗匠が使った品なら懐紙だって千金の値がつきます。古物の値つけはわかりません。ええ、十両の品なら大事にしないと」

儀兵衛は手文庫（金庫として使われた）の鍵を開けてしまい込んだ。鍵を掛け直して、

「確かにお預かりしましたよ」

と答えた。

それから別の袱紗《ふくさ》包みを取り出して新三郎の膝の前に進める。路銀だ。

利吉もやってきた。菅笠を背負い、着物を尻端折《しりはしょ》りにして、手甲《てっこう》と脚絆《きゃはん》をつけている。旅姿だ。

「白光の旦那、出立の支度が整いましたぜ」

「ご苦労だね」

新三郎の代わりに儀兵衛が頷き返した。それから新三郎に向かって言う。

「夏の旅は身に堪《こた》えます。くれぐれもご無理はなされませぬよう。舟を仕立てました。どうぞお召しください」

乗るの丁寧語は召すだ。舟に乗って旅をしてくれと言っている。

新三郎は軽く挨拶を残して離れ座敷を出た。旅には慣れている。腰に差した刀には柄袋《つかぶくろ》が被せてあった。矢倉屋の小僧（丁稚）が差し出してきた笠を取って頭上に翳《かざ》した。夏の陽光が今日も厳しい。

猪牙舟に乗って竪川《たてかわ》を東に向かう。船頭は矢倉屋の息がかかった中年男だ。安心して乗っていられる。

途中の河岸で大黒主水が乗り込んできた。相も変わらず暑苦しい格好で無愛想極まりない。挨拶もほとんどせずに舟の底にドッカと座った。

中川に入ると船頭は舳先を北に向けた。川を遡って北上する。船頭は帆を上げて南風を受けた。力強く櫓も漕ぐ。舟は川面の波を切って進み始めた。

中川には多くの荷船が行き交っていた。上野国や下野国、下総国、さらには奥羽の産物を江戸に運ぶための〝舟運の道〟なのだ。

百万の人口を支えるための物資が運ばれて来るわけだから、蟻《あり》の行列のような大混雑となる。それでも船頭は慣れたもので、他の舟にぶつかることなく巧みに操船している。

大きな船と小さな舟が一緒に進むのだから大変だ。大きな船の舳先で立った波が横から押し寄せてきて、新三郎たちの舟は激しく揺れた。

「おい、親仁さん、大ぇ《で》丈夫《じょうぶ》なのか」

利吉が声を上げた。陸《おか》の上ならすばしっこくて油断のない利吉だが、舟の上では顔色がない。

中年の船頭は薄笑いを浮かべている。

「心配することぁねぇ。周りを見てみねぇ。みんな落ち着いて座ってらぁな」

何艘も渡し舟が浮かんでいたが、旅の者たちは、行商人も、御用旅の侍も、平然と乗っていた。川渡しを日常的に使う者たちにとっては、これが普通の光景であって、脅える理由などなにもないのであった。


舟は松戸の河岸に着いた。前回の旅でもこの河岸に上がってから陸路を取った。水戸街道が北東に向かって延びている。

「いつ来ても賑やかだぜ」

利吉が言う。河岸で働く男たちと、旅人たちとでごった返している。ただでさえ暑いのに汗の湿気がムンムンと籠もっていた。

利吉も汗を手拭いで拭った。

「ここ数年来の肌寒さがなくなったのはありがてぇですがね……。今度は暑さがたまらねぇや」

浅間山の大噴火より始まった大冷害と大飢饉もようやくに終息した。

日照が回復したことで農作物の収穫量が増えて、江戸に運ばれる野菜の量も増えた。松戸の河岸は数年ぶりの大賑わいだ。

人々は飢餓の恐怖から解放されたわけだが、それでもこの熱さは堪《た》えられない。新三郎もウンザリといった表情だ。

「数年分の夏が一斉に襲いかかってきたかのようだな」

「まったくですぜ。どっか涼しい木陰で一休みを――」

と、言いかけたその時であった。笠を目深に被り、面相を隠した男が走り寄ってきた。

利吉とは旧知の間柄であるらしい。互いに目配せをして物陰に入ると何事か密談を始めた。その間、新三郎と大黒は炎天下に立たされて待つ。

謎の男はすぐに走り去り、利吉一人が戻ってきた。

「今の野郎は矢倉屋の元締めのご配下でさぁ。繋ぎをつけて参《め》ぇりやした」

矢倉屋儀兵衛は関八州に大人数を配して情報収集に当たらせている。

「飯綱屋お甲が逃がした野郎は、香取内海の漁村に逃げ込んだそうですぜ。お甲が雇った浪人が護りを固めてるってんで、油断のならねぇ話です」

新三郎はちょっと驚いた。

「もう見つけ出したのか。たいしたものだな」

「蛇《じゃ》の道は蛇《へび》、ですぜ」

利吉は得意気に鼻の下など擦《こす》ったが、すぐに表情を引き締めさせた。

「だけど、これから旦那方で殴り込みをかけようってんだ。あちこち根回ししなくちゃならねぇんで、手間がかかりやす」

街道筋の博徒を味方につけたり、役人を買収する役目も、走り衆が負っている。新三郎たち〝追い首〟は、走り衆が手配りを終えたところへ乗り込んで刀を振るう。走り衆のほうがずっと難儀な役目を負っている、と、新三郎は常々考えていた。

「それとですね……」

利吉は声をひそめた。

「今の野郎め、ちょいと気になる話を残していきやがりやした」

「なんだ」

「内海のあたりに、お上が大勢の男手を集められてるらしいんで。素性の定かじゃねぇ流れ者が群れをなしてうろついてるらしいですぜ」

「なんのためにだ」

「印旛沼の水抜き（干拓工事）でしょうな」

印旛沼の干拓、すなわち農地化は、八代将軍吉宗《よしむね》の発案で始まり、十代将軍家《いえ》治《はる》の代に、老中、田沼意次《たぬまおきつぐ》の指揮によって進められた。あまりにも費用がかかりすぎて、幕府の財政を傾けさせかねない大事業だ。

田沼意次は二年前に失脚し、この年の七月に死んだ。田沼の死によって幕政の実権は名実共に白河公——松平定信《まつだいらさだのぶ》の手に握られることとなった。

田沼が進めていた干拓事業がどうなるのかは、定信の一存にかかっている。

「飢饉で食い詰めた連中も、印旛沼で畚《もつこ》を担いでさえいれば炊き出しの飯と給金にありつけやす」

幕府の勘定方にとっては頭痛の種の大事業も、飢えた人々にとっては善政であった。

とはいえ、生国も素性も知れない男たちが集まっているのは剣呑だ。

「お陰であっしらのような者も役人の目に留まらず、身動きがとりやすいんですがね。飯綱屋の逃がし屋にとっても話は同じだ。喧嘩に見せかけて襲いかかってきて、骸は沼に沈めちまえば、まずみつかりやせん。仮に見つかっても、役人は身許検めをしやがりません」

流れ者同士の喧嘩にいちいち目くじらを立てるほど役人は暇ではない。

「十分に気をつけなくちゃいけねぇですぜ」

「心しよう」

新三郎は答え、横で聞いていた大黒主水も無言で頷いた。

第三章　風雲印旛沼

一

夏の熱気は上空で大きな入道雲となり、大粒の夕立となって降ってくる。

その小屋の周囲には一面に葦が群生していた。雨粒が葉に当たって騒々しい音を立てている。

(曲者が近づいてきたとしても、気配を聞き分けることができぬな)

百々木弥一郎は小屋の板戸を開けて外に出た。蓑《みの》を着け、笠を被る。

小屋は川筋の堤の下に建てられてあった。真っ黒に古びた板を打ちつけて屋根と壁が作られている。漁師の網小屋であった。

風が吹いて葦原が揺れた。目の前に広がるのは霞ヶ浦。雨の水煙で霞んでいる。

対岸はまったく見えない。

（霞ヶ浦とは良くぞ言ったものだ）

堤の先に一軒の家が建っている。江戸から逃がした男が隠されている。医師の治療を受けていた。よくぞ生きていられたものだと感心するほどに酷い拷問を受けていた。

（沖宿の乙名の九兵衛と申したか。善良そうな百姓であるが……。なにゆえかくも酷い責め苦を受けねばならなかったのか）

事情がわからない。

牢屋敷の囚人を逃がすと聞かされた時には、なんと無道な悪党どもであることかと呆れた。同じ長屋に住まう娘を救うためでなかったならば、即座に断ったに違いない。しかし、肝心の囚人の有り様を見ていると、また違った思いも浮かんでくるのだ。

（公儀の政道、はたして正しきものであるのか……）

そんな物思いに耽《ふけ》っていた時、百々木はふと、人の気配を察した。油断なく目を向けると、堤の上を駆けてくる二人の男の姿が見えた。

（一人は猫助。もう一人は何者か）

猫助は飯綱屋の男衆で、百々木をこの仕事に誘った男だ。百々木の見るところ、間違いなく悪党である。善意で人助けをしたり、世直しをする義民ではない。

「大《て》ぇ変ですぜ」

声が届く距離にまで近づいてから、猫助は叫んだ。

「このとっつぁんが悪党を見つけた」

猫助の後ろを走ってきた五十歳ばかりの男が、目を剝いて喚きだした。

「この先の渡し場で、見慣れねえ野郎がオラに話しかけてきやがったッ。乙名さんのご様子を訊きだそうとしやがったんだ。お役人の手先に違ぇねぇ」

どうやらこの親仁は渡し舟の船頭であるようだ。

「このままじゃあ乙名さんの居場所を嗅ぎつけられちまうッ。ご浪人様、お願ぇだ。どうか斬ってやっておくんなせぇ！」

いきなり人を斬れとは、物騒なことを頼んでくるものだ。

船頭は涙を流して訴える。

「乙名さんはオラたちを救うためにお上に訴え出て、あんな身体にされちまったんだッ。後生だよ、浪人様！」

百々木は猫助に目を向けた。猫助は頷いた。

「あっしからもお頼み申し上げやすぜ」

「これも十両の仕事のうちか」

「お察しのとおりで」

百々木は船頭に目を戻した。船頭は泥水まみれの地べたに両膝をついて、「頼む、頼む」と繰り返している。この村の者たちにとって、あの囚人の命がどれほど大切なものなのかが窺えた。

（わしとて無闇に人を斬りたくはない。だが……）

十両の小判よりも船頭の情にほだされた。

「わかった。その曲者はいずこにおるのだ」

腰の刀を閂差しに差し直し、帯をきつく締めながら訊いた。

人を斬るのは初めてではない。地獄落ちは間違いない身だ。今さら罪を重ねることを厭うものではなかった。

新三郎たち一行は我孫子《あびこ》宿に入った。松戸から四里半（十八キロメートル）。水戸街道の四番目の宿場だ。

激しい夕立が降っている。旅籠の屋根は雨漏りをして、雨水が座敷の中に滴ってくる。利吉は茶碗をいくつも並べた。雨水でいっぱいになると茶碗を掴んで、窓まで運んで水を捨てた。

「一雨くれば涼しくなるかと思いやしたが、鬱陶しくなるばかりでやすなぁ」

そう言いながら雨中の街道に目を凝らす。

「遅ぇなあ」

空になった茶碗を片手に戻ってきて、再び雨漏りの下に据えた。座敷の中に座り込んだ新三郎と大黒主水に目を向けた。

「粗末な旅籠ですいやせん。雨漏りしねぇ御本陣にお移り願いてぇところなんでござんすが、昼間の野郎と、この旅籠で落ち合う段取りになってるんでさぁ」

雨漏りの部屋から動けない理由を説明する。再び窓に目を向けて、

「遅ぇなぁ」

と繰り返した。

四半時（三十分）ばかりが過ぎた。外は暗い。夕暮れ時だ。水たまりを踏む、ピチャピチャという足音が近づいてきた。足音はこの旅籠に入った。

旅籠の番頭が若い男を連れてくる。男の全身は酷い雨で濡れていた。

「お客さんたちの連れだと言うていなさるんだが……」

ずぶ濡れの男は廊下の床に両膝をついた。昼間、松戸の河岸に繋ぎをつけに来たあの男であった。

「大根河岸の矢倉屋さんでござんすね。酒屋の樽帳を持参しやした」

旅籠の番頭が見ている手前、商家の奉公人を装う。利吉は番頭に顔を向けた。

「間違ぇなく、うちの得意先の奉公人さんですぜ」

番頭は安堵の顔つきで戻っていった。飢饉が続いたせいで宿場の治安も悪化している。見知らぬ客は油断がならない。

番頭が去ると廊下の男は目つきを鋭くさせて一同を見た。裏街道を生きる者に特有の険しさだ。

「あっしは佐太郎《さたろう》っていいやす」

男は名乗った。利吉も横から紹介する。

「人呼んで素走《すばしり》ノ佐太郎。その名のとおりに足の馬鹿ッ早《ぱえ》ぇ男ですぜ」

利吉は軽い口調だったが、佐太郎は暗い顔つきだ、そして剣呑な出来事を短く告げた。

「徳次《とくじ》が殺《や》られやした」

「なんだと！」

利吉の顔つきが変わった。新三郎と大黒に急いで目を向けて告げた。

「徳次ってのは走り衆なんでさぁ。今度の一件で探りを入れさせておりやした」

説明してから顔をしかめて、独り言のように続けた。

「腕利きの、すばしっこい野郎だったが……」

言葉を失くした利吉の代わりに佐太郎が、新三郎と大黒に向かって語りだす。

「徳次が走り回って集めた説（情報）をあっしが旦那方に伝える手筈となっておりやしたが、約束の刻限になっても姿を現わしやがりません。どうしたのかと案じておりやしたら旅のお人が通りかかりやして、人斬りがあったってぇ話をしやがりやした。死人《しびと》の風体や着物の柄が、徳次のものと同じだったんで」

利吉が腕組みをした。

「走り衆ともあろう者が、追剝《おいはぎ》や野盗なんぞに殺されるわけがねぇ。斬ったほうも玄人《くろうと》だ。飯綱屋の仕業だと見て間違いねぇでしょう」

佐太郎が「あっしも同じ考えなんで」と言って頷いた。そして続けた。

「油断のならねぇ物腰の、凄味の利いた浪人者が、猫助と一緒に旅してる、って、徳次が言っておりやした。その浪人に斬られたのかもしれねぇ」

「浪人か」と利吉。佐太郎が頷く。

「飯綱屋の手下は何度も目にしているが、そいつは初めて見るツラだって言ってやしたぜ」

「初顔合わせってことか。どんな武芸を使ってくるかわからねぇ。こいつぁ油断なりやせんぜ」

利吉が新三郎と大黒に目を向けた。佐太郎も続ける。

「先方もそれが仕事だ。恨みっこなし……って言いてぇところですが、こんな手荒い真似をされたのは初めてだ。今まではせいぜい、骨をへし折る。へし折られるぐらいで済んでたもんですがね」

新三郎が思うに、それでも十分に手荒だが、裏の世界では、その程度の制裁はごく当たり前のものなのかもしれない。

「ともあれ」と佐太郎が、決然と顔をあげた。

「これで沖宿の九兵衛がどの辺りに隠れているのかが見当つきやした。徳次を殺した――ってこたぁ、そこいらに近づいてほしくねぇってことなんで。念入りに探りを入れやす」

油断なく腰を浮かせた。

「無理はするな」

新三郎がそう言うと、佐太郎は不敵な笑みを浮かべた。

「徳次の敵討ちでさぁ。手を引けるもんじゃあござんせん。御免なすって」

佐太郎は身を翻して出て行った。

新三郎は腕を組んだ。

「難儀なことになってきたなぁ」

滅多に喋らぬ無口な大黒が、

「それはいつものことだろう」

と、低い声で答えた。

二

翌朝は雲ひとつない晴天だった。

朝餉《あさげ》を終えた新三郎たちが表道に出る。ギラリと陽光が射してくる。太陽はまだ低い位置にあったが、それでも日差しは刃物のように鋭かった。

「今日も暑くなりそうですぜ」

利吉がウンザリ顔で言った。昨日の夕立の雨が早くも湿気に変じつつある。肌にベットリと張りついた。

新三郎は笠をかぶりつつ質した。

「して、今日はどこまで行くのだ」

「今日も佐太郎との繋ぎ待ちですがね、霞ヶ浦の漁師村のほうを目掛けて行きやしょう。九兵衛が乙名を務めていた村でさぁ。徳次が殺られちまったのもその辺りだ」

新三郎に異論はなかった。走り衆がつけた段取りに従って、仕事を果たすのみである。


太陽が高くのぼるとますます気温が上がってきた。三人ともが汗みずくだ。喉が渇くが、水を飲んでばかりいると体力が萎える。胃腸も水浸しになって食欲が減退するうえに、慣れない水は腹を壊す原因ともなった。

謎の浪人との戦いが予想されるのだから、体力を消耗しきってはならない。一行は水を飲むことすら用心しながら旅を続けた。

ふと、陽炎の向こうに幕がたなびいているのが見えた。最初は染め物を干しているのかと思ったのだが、そうではないようだ。

「陣幕ではないのか」

無口な大黒が声を漏らした。彼をして声を上げさせるほどに場違いな代物であったのだ。

河原に白い陣幕が張られているのだが、人気はない。幕を支える柱が傾いていた。真っ白な布地が虚《むな》しく風にあおられている。

新三郎も首を傾げた。

「なにゆえこんな所に陣幕が？　しかも踏み荒らされておるようだぞ」

利吉は面白そうに笑った。

「さては御本陣、敵の夜襲を受けやしたかね。あの様子から察するに御大将は討ち死にらしいや」

いつでも悪ふざけを口にするのが利吉という男だ。

江戸の町では軍学語り（講談）が盛んで、源平合戦や三国志、太平記は人気の演目だ。利吉のような庶民でも、打ち捨てられた陣幕を見れば合戦を連想する。

利吉はすばしっこく駆け寄っていく。新三郎と大黒は二手に別れることにした。新三郎は調べに行く。大黒はこの場に隠れて様子を窺いつつ、何事か起こったならば助けに駆けつける。

ここは敵地だ。用心に用心を重ねることが大切であった。

陣幕の中に人の姿はなかった。新三郎は屈み込んで、河原の砂利に目を向けた。

「激しく乱れた足跡が残されている。利吉の冗談も、まんざら的外れではなさそうだ」

踵と爪先がぜんぶ違う方向を向いている。大勢が慌てふためいて走り回ったらしい。

利吉も覗き込んでくる。

「てぇことは、やっぱり合戦ですかね。この陣所は源氏か平家か。もしかしたら関羽雲長《かんううんちょう》ですかね」

「白い陣幕は源氏のものだが――などと言っている場合ではなさそうだ。利吉、あれを見ろ。人が大勢やって来るぞ」

新三郎は立ち上がって指差した。河原沿いを大勢の胡乱《うろん》な者たちが押し寄せてきた。手には長い竿や棍棒《こんぼう》を構えている。利吉は仰天した。

「大ぇ変だ。逃げたほうが良さそうですぜ」

「いいや。東からも南からも寄せてくる。逃げ場はなさそうだ」

「どうするんですかい」

「落ち着け。いざとなれば大黒殿が駆けつけてくる」

新三郎は腕組みをして考える。

「まさかこの日中に群盗が跳梁跋扈するとも思えぬが……。何を企《たくら》んで徒党を組んでおるのだろうな、あの者たちは」

「なにを悠長に思案してるんですかい」

などと言っているうちに取り囲まれた。その男たちは皆、十代後半から四十ぐらいまでの年格好だ。子供と老人はいない。泥に汚れた半纏《はんてん》と褌《ふんどし》を着けている。

その中の一人、黒ひげを生やした中年男が頭分《かしらぶん》なのか、新三郎を睨《ね》めつけながら叫んだ。

「手前ぇら、百姓に雇われた浪人だなッ。よくも堰《せき》を切り崩しやがったな!」

なんの話かわからない。

新三郎は利吉に耳打ちした。

「どうやら人違いをしておるらしいぞ。我らが何者なのか教えてやれ。納得すれば立ち去るだろう」

利吉は首を傾げた。

「人の話を聞き分けようってツラにゃあ見えやせんぜ」

髭面の男が啖呵《たんか》を切る。

「やいやい浪人、よっく聞け！　この俺様の名は粕川《かすかわ》ノ勘太夫《かんだゆう》。かつては街道筋で子分の千人を抱えた大親分だッ。そっちは刀を腰に差して、一端《いっぱし》の侍を気取ってるんだろうが、こっちはお上の仕事を請け負ってるんだ。畏《おそ》れ入りやがれッ」

新三郎は利吉に目を向けた。

「粕川ノ勘太夫だと。知っておるか？」

利吉はつまらなさそうに唇を尖《とが》らせた。

「上州に一時《いっとき》、縄張りを構えた博徒でさぁ。人を斬ったり女を攫って売り飛ばしたり、博徒の仁義もわきまえねぇ振舞いが目に余るってんで、大親分衆から破門状を回されて、逃げ出しやした。フン、こんな所で人足の請け負いをしてやがったのか」

「惨めな男だな」

「ですがね、人を殺すことをなんとも思っちゃいねぇ悪党だ。剣呑ですぜ」

勘太夫の周りで男たちがわぁわぁと喚き散らし、罵っている。

「俺たちゃあお上のお指図で用水を掘って堰を築いてるんだ！」

「オイラたちの仕事を邪魔する奴ぁ、お上に楯突く不届き者だぜ！」

「構わねえ！　お上に代わって成敗してやれッ」

血の気の多そうな男が、手にした竿で殴り掛かってきた。瞬間、新三郎の腰から刀が抜き放たれた。

竿が男の手許でスッパリと斬られる。片山伯耆流居合術の技の冴えを見せつけた。

男は何が起こったのかわからず目を丸くさせた。次に恐怖で腰を抜かして尻餅をついた。

ヤクザ者たちは「おおっ」とどよめいて後退した。新三郎を包囲していた輪が広がった。

と、そこへ、蹄の音も高らかに一騎の武士が駆けつけてきた。

陣笠を被り、夏物の羽織を着けている。馬の使用が許されるのだから、徳川家ならば旗本に相当するほどの身分に違いない。

「待てィ！　鎮まれィ！」

叱声を張り上げる。

歳の頃は三十ばかりの、眉が太くて厳めしい武士だ。炎天下で働く役儀に就いているので日焼けした顔は百姓のように真っ黒だった。

「者どもッ、これはいかなる騒動かッ」

ヤクザ者たちが慌ててその場で平伏した。粕川ノ勘太夫が「畏れながら」と答える。

「百姓どもに堰を壊されちまいやしたッ。そこの――」

新三郎たちに指を突きつける。

「百姓に雇われた浪人どもの仕業に違ぇねぇんで！」

別の男たちが喚きだす。

「そうだッ。仲間たちが何人も浪人にやられた！　腕や脚を折られちまったのもいるッ、勘弁ならねぇッ」

口々に喚く男たちを見てから、武士は目を新三郎たちに転じた。

「人足どもの申しようはまことか。まことであるならば成敗いたすぞ」

新三郎は憤然として答える。

「いっこうに身に覚えがござらぬ。我らはただ今この地に足を踏み入れたばかり。とんだ濡れ衣。迷惑至極」

「お前たちはいったい何者なのだ」

新三郎はともかく、利吉は不逞の者にしか見えない。見た目が胡散臭《うさんくさ》すぎる。

その利吉が「へへっ」と気障りな薄笑いを浮かべた。これでも本人は、愛想笑いのつもりらしい。

「あっしらは、江戸の南町奉行所与力、谷村市三郎《いちさぶろう》様の手下《てか》なんでございやす」

こんな時に名前を出せるよう、南町の谷村には過分な賂《まいない》を届けてある。

懐から油紙に包まれた札を取り出して、恭《うやうや》しげに差し出した。馬上の武士はチラリと一瞥した。

「なるほど、正真正銘、南町与力の手札であるな」

手札とは名刺のことだ。役人の命で働く者たちは、役人の名と所属をしたためた手札を預る。この手札を示すことで身許を保証する。

「あっしらは江戸から逃げた悪党の居場所をつきとめるために駆け回っておりやす」

嘘はついていない。

「心得た。どうやらこの者どもの早とちりであったようだな」

今度は男たちを睨みつける。男たちは「へへーっ」と土下座して顔も上げない。

「江戸の町奉行所のお役人様とは露知らず、とんだご無礼を……！」

「どうか、打ち首だけはご勘弁くだせぇ！」

今度は与力そのものと勘違いしているらしい。慮外な奴らだと呆れながら新三郎は刀を鞘に納めた。

粕川ノ勘太夫だけはさすがにふてぶてしい。

「ちっ、面倒なことになったぜ」

などと余所《よそ》を向いた。

利吉は図々しくも笑顔を陣笠の武士に向けた。

「この男衆は、どういったわけがあって、集まっているんですかえ」

武士は、お前たちの知ったことではない、と言いたい様子であったが、江戸の町奉行は従五位下の譜代大名格だ。遠慮を感じたのか、正直に答えた。

「この辺りの水を抜き、干拓するために集められた者どもだ」

新三郎は（なるほど、印旛沼の開拓か）と思った。

とすると、陣笠の武士は普請奉行の配下なのだろう。江戸から出役《しゅつやく》して来ているのに相違ない。ここは公領（徳川幕府の直轄領）だ。

ヤクザの一人が再び鼻息を荒くさせて訴えてきた。

「土地の百姓や漁師どもが普請の邪魔ぁしやがって、俺たちが掘った水路を埋めたり、堤を壊したりしやがるんでさぁ！　江戸のお役人様、どうか、とっ捕まえておくんなせぇ。きついお仕置きを願いやす」

利吉は驚いた。

「そりゃあ、一揆じゃねぇかよ」

公領の領民が一揆を起こしているというのか。

馬上の武士がおおいに慌てる。ヤクザ者たちを叱りつけた。

「ええい、黙れッ。迂闊《うかつ》にものを申すなッ」

この武士とすれば、一揆の発生は自分たち普請奉行所の手落ちとなる。江戸町奉行所の者たちには知られてはならない。老中や将軍の耳にまで達してしまう。

利吉が新三郎の目の前でニヤリと笑った。これでこの武士の弱みを握った。脅して矢倉屋の仕事の手助けを強要することができる——などと考えているのに違いない。

「あっしらは悪党を追っての旅。関わりのねぇことには〝見ざる言わざる聞かざる〟でござんす」

武士は厳めしい顔つきを取り繕って、「うむ」と頷いた。が、その表情は引き攣っている。

「皆の者！　普請場に戻るぞ」

ヤクザ者たちを率いて去って行った。新三郎と利吉だけが残された。

新三郎は陣幕を見た。

「普請奉行所の陣所を襲って踏み荒らすとは。この一揆、よほどの騒動になっておるようだな」

利吉が首を傾げた。

「なんで、江戸に伝わっていねぇんでしょう？」

「印旛沼の開拓を指図していたのは老中の田沼様だった。公儀の面目がかかっておる。不祥事を隠し通すことなどわけもあるまい」

新三郎は考え込んだ。

「我らが追う相手が逃げ込んだ先で一揆か……。厄介な話になってきたな」

利吉も苦々しげである。

「浅間山の大噴火からこの方、あっちでもこっちでも一揆と打ち壊しですぜ」

飢えから逃れるために誰もが武器を取る。年貢の減免や救済策を要求する。

「だが、妙だな」

新三郎はますます首を傾げた。

「今年の夏はこの暑さだ。田んぼの稲も青々と育っているぞ。豊作は間違いなしである。田の草取りさえ怠らなければよい。なにゆえ百姓たちは、今、この時に一揆を起こしたのだ？　わけがわからない」

百姓は、よほどの窮地に追い込まれない限り、決起はしない。飢饉以外の理由があるのだ。

「いったい何が起こっておるのだ」

新三郎は夏の太陽を見上げた。

三

夜空に大きな月が昇っている。あと三日で満月だ。月光に煌々と照らされた野原は十分に明るかった。

二人の男が身を低くして走っていく。粕川の勘太夫の子分だ。昼間、新三郎たちを取り囲んだヤクザ者の中にこの二人の姿もあった。

「酷くぬかるんでるぞ。足を取られねぇように気をつけろよ、兄弟」

「ぬかりがねぇとはこのことだぜ兄貴」

忠太《ちゅうた》と茂助《もすけ》の義兄弟で、兄貴分の忠太は背が高く、茂助は背が低い。二人とも筋骨逞しい体格だ。普請場で働いているが、元はヤクザだ。一癖も二癖もある面相だった。

二人は土手を駆け下りて河原の葦原に身を潜めた。

「あれを見ろよ兄貴。灯がついてる」

堤の下の粗末な小屋の窓から光が洩れていた。

「竈《かまど》の火かもわからねぇな。いずれにせよ誰かがいるこたぁ間違いねぇぜ」

「おうよ、茂助。仲間を散々痛めつけてくれた浪人者の隠れ家かもわからねぇ」

忠太は顎など撫でながらほくそ笑んだ。

「野郎の居場所をつきとめて、お役人様に指してやりゃあ、ご褒美にありつけるぜ。畚運びはもうウンザリだ。まとまった銭を手に入れて、江戸で羽を伸ばしてこようぜ」

「江戸の町奉行所の役人に売るってのもいいな。普請奉行所のお役人と、どっちが高く買ってくれるんだろうな？」

「両方に売りつければいいさ。とにかく野郎の面を確かめてこようぜ」

「合点だ」

二人は身を屈め、足音を忍ばせて小屋に近づいていく。小屋の中から何人もの声が聞こえてきた。

「兄貴、なんだか大勢で集まってるぜ」

「そうらしいな。もしかすると一揆の根城かもしれねぇぞ。こいつぁ大手柄だ」

一揆の首謀者を一網打尽にできたならば褒美の銭も多額になる。忠太はしめしめと舌なめずりをして、身を翻そうとした。その時。

「おい」

いきなり低い声をかけられた。ハッとして顔を向けると、なんと目の前に浪人者が立っていた。

忠太と茂助は仰天した。

「手前ぇは……！　昨晩《ゆうべ》、普請場を襲った浪人ッ」

咄嗟に忠太と茂助は懐に手を突っ込んで匕首を抜いた。ヤクザ特有の喧嘩殺法だが、場数を踏んでいる。油断はない。賭場の喧嘩出入りでは敵方に与《くみ》した浪人を刺し殺したことだってある。それなのに、これほど近づかれるまで気がつかなかったとはどういうことか。

浪人は憤然たる顔つきで立っている。

「お前たちに遺恨はない。だが、この小屋の秘密を知られたからには生かして帰すことはできぬのだ。許せ」

「なにを抜かしてやがるッ。ふざけやがって！」

茂助が叫んだ。カッと激怒しやすい性格だ。

兄貴分の忠太のほうは、もう少しだけ冷静だった。

「やい茂助、野郎の後ろに回り込め。俺は前からだ。挟み打ちにするぞ」

「おうっ」

二人は低く身構えながら足を運んで浪人者を取り囲んだ。浪人は刀を抜いた。

忠太は手のひらにペッと唾をくれて匕首の柄を握り直す。禍々《まがまが》しい目で睨みつけつつ、浪人の隙を窺う。背中側に回った茂助が、

「やいッ浪人、背中がガラ空きだぜ！」

などと盛んに罵声を浴びせて牽制《けんせい》した。

浪人の目がチラリと茂助を見た。その瞬間、

「今だぜ！」

忠太はダッと地面を蹴った。腰だめに構えた匕首ごと、体当たりで浪人に向かっていく。同時に茂助が、

「おうよッ」

と叫んで突進した。

浪人は体を捌いて刀を振るった。今まで憂鬱そうに立っていたのに、一転して稲妻の発するような斬撃を繰り出した。真っ向からの抜き打ちで忠太を斬り、振り向き様に腰を落として、横薙《な》ぎの一太刀を振りきった。

「ギャアッ！」

腹を斬られた茂助が絶叫する。前屈みになった腹部が割けて桃色の腸《はらわた》が溢れ出た。ヨタヨタと蹈鞴《たたら》を踏んで、ドウッと倒れた。

忠太はすでに頭蓋骨を粉砕されている。頭頂から顔面にかけて血を噴き出しながら倒れた。

闇の中に血臭が濃く立ち上る。浪人は忠太の両足を摑んで、霞ヶ浦の湖水に投げ込んだ。続けてもう一人も処分しようと戻ってくると、茂助の死体には河原に潜んでいた虫たちが群がってきた。血の臭《にお》いに惹かれて集まってきたのだ。羽虫の柱が立っているように見えた。

茂助の死体も水に流して、浪人——百々木弥一郎は小屋に戻った。小屋の中では百姓や漁師たちが十人ばかり、心配そうな顔つきで座っていた。

「始末してきた。もう、案じることはない」

百姓の一人がホッと安堵の息を吐き出した。

「普請奉行所の手下だべぇか。それとも関東郡代様の追手……？」

「どちらであろうとも、この小屋を知られたからには生かして帰さぬ。それだけだ」

百々木は仏頂面で答えると、汚い床板に座った。

百姓と漁師の輪の真中に夜具が敷かれている。九兵衛が寝かされていた。唐丸籠で運ばれている最中に、飯綱屋お甲の手で強奪された男だ。百々木からすれば〝雇い主〟である。

今は上半身だけ起こしている。小作人の若者に背中を支えられていた。竈の火が九兵衛の顔を照らしている。げっそりと痩せて目の下には隈《くま》をつくっている。牢屋敷での責め苦で体力を奪われていたのだ。

それでも快方に向かっている。顔の傷は塞がり、腫れも引いた。九兵衛は百々木に向かって低頭した。

「何度も命をお助けいただき、なんとお礼を申しあげたらよいものか……。百々木様より受けたご恩には、生涯かかっても報いきれませぬ……」

「こちらとすれば銭で請け負った仕事だ。礼など無用」

ぶっきらぼうに答えたのだが、百姓や漁師たちはその場で這いつくばって、深々と低頭を寄越してきた。

「オラたちの暮らしがかかった一大事だ」

「成るか成らぬかは、乙名の九兵衛さん次第」

「九兵衛さんの命を守ってくださる先生は、わしらの村の護り本尊だべ！」

仰々しい物言いと態度で感謝を示され、百々木はいささか困り果てた。顔の前で片手を振る。

「食い詰め者の浪人に頭を下げる必要はない。それよりも大事な相談があって、集まったのであろう。相談を続けよ」

九兵衛も「百々木様の仰る通りだ」と頷いた。

「大勢で集まっていれば人目につく。役人の手先が他にもやって来るかもしれない。急いで話を纏めよう。孫兵衛《まごべえ》どん、川筋の様子はどうなっておる？」

孫兵衛は年嵩《としかさ》の船頭であった。足の汚れ具合で、田畑で働く者なのか、舟で働く者なのかが区別できる。百々木もこの地の人々と関わって、この地の暮らしが少しずつわかってきた。

孫兵衛は悲痛の表情だ。

輪になって座る一同の真ん中には、地図が広げられてあった。水色で塗られているのは湖沼と川筋だ。孫兵衛が一本の川の線を指でなぞった。

「川の水が毎日、三寸ずつ上がっとるだ。いつもの年ならこの時節、川面は堤のてっぺんから二十尺下がった所を流れとるだが、今日は七尺しか下がってねぇ」

増水している、ということらしい。

夜具の上に座った九兵衛の面相も険しくなる。

「何故、この季節に水嵩が増すのか……」

孫兵衛が、苦悶《くもん》で顔をくしゃくしゃにさせて答える。

「浅間山の山焼けの灰が流れてくるだよ。川底に溜まって、水を底から押し上げとるだ」

山焼けとは火山の噴火のことだ。火山灰は関東一円に降って、雨に流されて川に注ぎ込んでくる。川底に溜まって川底が浅くなれば、そのぶんだけ水面が上に押し上げられる。堤防の縁から水が溢れ出せば、洪水となる。

別の漁師たちが身を乗り出し、九兵衛に迫った。

「乙名さん！　川底を浚《さら》わなくちゃならねぇ」

九兵衛は「ううむ」と唸って、思案顔となった。

「川浚いには大金がかかる。村にそんな金はない。お上に縋《すが》るしかないが……」

一同は陰鬱に黙り込んだ。乙名の九兵衛を冤罪に落とし、拷問にかけるような無慈悲な公儀に、領民を助ける意志があるとは思えなかった。

百姓の一人、白髪頭の男が顔をしかめた。

「お上は、オラたちの暮らしなんか、屁とも思っちゃいねぇんだ。それどころか、あちこちの沼を埋めて回っとるだ」

皆で、顔を蒼白にさせる。

「乙名さん、この暑さだべ。この辺り一帯ぇ、大ぇ変なことになるだぞ。お上はなんにもわかっちゃいねぇんだ！」

老人が喚く。皆で一斉に頷いた。

若い漁師が目を怒らせる。

「お上は、嘆願書を届けにいった乙名さんを牢屋敷にぶちこんだ！　オラたちの物言いに聞く耳なんか持っちゃいねぇッ。もうこうなったら、オラたちの手でやるしかねぇ！」

乙名の九兵衛も苦渋の表情で頷いた。

「今年の夏だけは、なんとしても乗り切らねばなるまい。そのためには……」

皆が一斉に「おおっ」と沸き立った。

「そうだ、やるべぇ！」

「皆で力を合わせるだ！」

「鎮守様の前で血盟するべぃ！」

一揆の覚悟を固めて気勢を上げた。

その時、

「待て……！」

それまで黙って聞いていた浪人の百々木が低い声で制した。

皆が一斉に振り返る。百々木は外に目を向けていた。片膝を立て、左手に刀の鞘を摑んで、いつでも抜刀できる体勢だ。

皆がギョッとなった。老人がおそるおそる質した。

「外に、誰かいるんだべぇか……？」

まさか、この密談を聞かれてしまったのか。

百々木は無言で様子を窺っていたが、やがて、フーッと息を吐いて座り直した。

「風の音であったか。わしの思い過ごしであったようだ」

百姓たちも大きく安堵の息を吐いた。老人が言う。

「一揆の相談をしているところへ役人に踏み込まれたなら、みんな揃って打ち首だべ」

九兵衛も大きく頷いた。

「十分に気をつけねばならん」


闇の中をひとつの影が、足音を忍ばせながら遠ざかっていく。

(九兵衛め、印旛沼開拓の邪魔を企んでいやがったのか……)

矢倉屋の走り衆、素走ノ佐太郎である。江戸に連れ戻さねばならない相手、九兵衛にさぐりを入れていたのだ。

矢倉屋にとっては、追っている相手がどんな悪事を働いたのか、など、関心がない。銭で請け負った仕事を粛々と果たすのみだ。

(だが、一揆の頭分となると、話が面倒になるぜ)

百姓一揆の首謀者は、合戦の大将と同じだ。大勢の百姓たちの輪によって守られる。本陣の真ん中まで斬り込んで敵の大将を攫うなど、そうそう出来得るものではなかった。

(そのうえにだ。飯綱屋は、とんでもねぇ利き腕を雇っていやがる)

佐太郎は湿地を走って小屋から遠ざかっていく。泥水を踏んで走っているのだが、ほとんど足音を立てていない。佐太郎も自分の隠形術《おんぎようじゆつ》には自信をもっていた。それなのに。

(あの浪人は俺が潜んでいることに気づきやがった)

風下から近づいて、物音や体臭が小屋に届かないように気を配ってもいた。足を進めるのも、風で葦の葉が激しく揺れた時だけに限っていた。

(凄腕の武芸者は、勘働きで敵に気がつくって話だが……)

佐太郎の隠形術より武芸者の勘が勝ったということか。

血臭が漂っている。先ほど斬られた男たちの血だ。その斬り合いも佐太郎は物陰から見ていた。

(まったく厄介だぜ)

追われていないことを確かめながら、佐太郎はその場を後にした。

四

炎天下、男たちが鍬《くわ》を振り下ろし、泥を掘り起こし、畚につめて運んでいる。ここは一面の湿地帯だ。枯れた葦が腐って泥になる。男たちが掘った溝に周囲から泥が流れ込んできて、たちまちにして埋めた。

「怠けるんじゃねえッ！　ちっとも掘り進んでいねぇじゃねぇかッ」

大声を張り上げたのは粕川ノ勘太夫だ。普請場の宰領気取りで鞭《むち》を振り上げている。

勘太夫の子分たち――いかにもヤクザの三下らしい顔つきの者たちが、虎の威を借る狐そのものの形相で、

「働け働けィ！」

と鞭を振るって人足たちを打ち据えて回った。

酷暑の中での労働で、ろくに休息も与えられていない。年嵩の人足が一声唸って倒れてしまった。

即座に子分がすっ飛んでいく。

「やいジジイ！　立ちやがれッ。働かねぇのなら今夜の飯は抜きだぞッ」

鞭で叩いて足蹴《あしげ》を食らわせる。さらには地面の泥水に顔を押しつけて息ができないようにする。人足はもがいてブクブクと息を吐いていたが、すぐに動かなくなってしまった。

「ちっ、やりすぎたぜ。うっかり殺しちまった」

子分が眉根をしかめた。

勘太夫は「まあ、しょうがねぇや」と嘯いた。

「仕事もできねぇ年寄りのくせに、飯だけは食いやがる。そんな横着者は殺しちまったほうが世の為だぜ」

一部始終を見ていた別の子分が「さすがは親分だ」と追従《ついしょう》を口にしてから「ですがね」と続けた。

「人足の数が減っちまったら、仕事にならねぇですぜ」

勘太夫は「なんの」と言うと、黒ひげ面を歪《ゆが》めて、ほくそ笑んだ。

「近在の村で賭場を開帳すりゃあいいのさ。百姓どもを誘い込んで、イカサマ博打で借金を背負わせる。証文で縛って、死ぬまで働かせりゃあいいんだ」

「なぁるほど」

「ついでに女も差し出させりゃあ、普請場の景気づけにもなるってもんだぜ！」

「さすがは親分、一石二鳥の妙案だァ！」

子分たちの追従を受けて、勘太夫が高笑いの声を響かせた。

と、そこへ子分の一人が駆け込んできた。勘太夫は目を向けた。

「なんでぇ、千六《せんろく》じゃねぇか。そんなに慌ててどうしたい」

千六は汗まみれの顔を近づけてきて、弾む息を抑えながら小声で答えた。

「忠太と茂助が骸になって流されて来たんでやすが……」

背後の川に親指を向ける。

「なんだと？　骸だぁ」

勘太夫はカッと激怒して叫んだ。

「その骸はどこにあるッ」

勘太夫と子分たちは川岸に走った。ふたつの骸は粗末な桟橋に引っかかっていた。川上から流されてきたようだ。

この暑さだ。はやくも腐敗臭を放っていたが、勘太夫は構わずに手を伸ばしてひっくり返し、調べ始めた。

「バッサリと斬られてやがる。こいつぁ凄腕の仕業だ」

子分の一人が、

「てぇこたぁ、百姓が雇ったあの浪人か。くそうッ、なんの恨みがあってここまで邪魔だてしやがるんだッ」

勘太夫も「おうっ」と吼《ほ》えた。

「こうなったら許しちゃおけねぇぞッ。売られた喧嘩は買ってやる。やいッ野郎ども！　誰でもかまわねぇ。百姓どもをひっ捕まえて痛めつけて、浪人の居場所を吐かせるんだ」

「誰でもかまわねぇんですかい？」

「百人、二百人と痛めつけてやれば、一人ぐれぇは浪人の居場所を知ってる奴がいるこったろうぜ。遠慮はいらねぇぞ。やっちまえ！」

凶悪に過ぎて俠客《きようかく》の仲間から縁を切られたような男だ。道理はまったく通じない。

子分たちも嗜虐的な笑みを浮かべている。弱いものいじめが大好きなのだ。肉食獣が獲物を見つけたみたいに舌なめずりしている。

そこへまた、別の子分が駆けつけてきた。

「四郎松《しろうまつ》の兄ィだ」

若い子分が言う。四郎松は勘太夫の一ノ子分だ。三十半ばの上背のある男で、鋭い目つきが凄味を感じさせた。

「四郎松の兄ィは客人を連れてますぜ。見たことがねえ渡世人だ」

笠をかぶり、巻いた莚を背負っている。渡世人は冬場は合羽を背負い、夏場は莚（寝床になる）を担いでいる。一目でそれとわかる姿なのだ。

四郎松と渡世人は勘太夫の前で膝をついた。四郎松が口を開く。

「探しましたぜ、親分」

勘太夫が断りもなく普請場を離れたので多少の混乱を来《きた》しているらしい。

「面白れぇ男が、あっしの所に転がり込んできやがったんで、引き連れやした」

勘太夫はジロリと謎の渡世人に目を向けた。

「何者《なにもん》でぇ、そいつは」

「鼬ノ伊三郎ってぇケチな小悪党ですがね、肝《きも》のちいせぇ野郎だが、持ち込んできた話がちっとばかし大きい」

「もったいつけてねぇで話して聞かせろィ」

「おい鼬、手前ェの口から申し上げろ」

四郎松に促されて、鼬ノ伊三郎は顔をあげた。弁の立つほうではない。声を上擦らせながら喋りだした。

「あっしは、つい先だってまで小伝馬町の牢屋敷に入れられておりやした。そこである罪人を逃がす手伝いをしたんでございやす」

「ある罪人だと？」

「沖宿の乙名の九兵衛って男で。お上に楯突いた科《かど》で詮議を受けておりやした」

四郎松が横から口を挟む。

「どうやら、その九兵衛が百姓一揆の頭目らしいんですぜ」

「なんだとッ。俺たちの仇じゃねぇか！」

勘太夫の満面に血が上った。自分の〝縄張り〟の普請場に手を出してきて、人足を殺した相手は許せない。

勘太夫は腕を伸ばして伊三郎の襟首を摑むと絞りあげた。

「手前ェがソイツを逃がしたせいで俺の子分が殺されたッ。許せねえ」

「待っておくんなせえ親分さんッ……。あっしはただ、繋ぎをつけただけなんでございやすッ」

このままでは殺されると脅えた伊三郎は、急いで言った。

「逃がしたのは逃がし屋のお甲だ。飯綱屋の仕業なんでございやすよッ」

勘太夫は「なにっ」と叫んで伊三郎を突き飛ばした。伊三郎は地べたに転がった。

「詳しく話して聞かせろッ」

伊三郎は這いつくばって「へいっ」と答え、自分が見聞きしたことをすべて話した。

聞き終えた勘太夫は「ううむ」と唸って太い腕を組んだ。

「すると、あの浪人の名は、百々木弥一郎ってのか」

「へいッ。飯綱屋に雇われた使い手なんで……！」

「手前ェは、乙名の九兵衛と百々木のツラを見覚えてるんだな？」

「もちろんでございまさぁ」

「ようし、そんなら今しばらくの間、手前ェの命は取らねぇでおいてやる。首尾よく百々木を捕まえることができたなら、俺の子分にしてやらあ」

「へいっ、ありがてぇ……」

勘太夫は、周囲の子分たちに目をくれた。

「俺たちの仇は乙名の九兵衛と浪人の百々木だッ。必ず血祭りにあげてくれるぞッ。野郎ども、ぬかるなよ！」

子分たちは「おうッ」勇んで拳を天に突き上げた。

五

新三郎たちは旅を続けている。

急ぐ旅ではない。旅籠から旅籠へ移動しながら、素走ノ佐太郎の繋ぎを待つのだ。

公儀の法度によって同じ旅籠への連泊は禁じられている。旅人が理由もなく居すわっていると、旅籠の主に通報されて役人を呼ばれてしまう。

よって、毎日旅籠を変えなければならないわけだが、旅籠があるのは街道の宿場町だけではない。どんな小さな農村にも、行商人を泊めるための宿があった。

「お侍様たちは、どこさ行きなさるんだべぇ？」

茶店の親仁が声を掛けてきた。新三郎と大黒主水は腰掛けに座り、茶が出てくるのを待っている。

今日も暑い。だからこそ沸かした湯や茶を飲まねばならない。夏の生水には悪い気（病原菌）が涌《わ》いていて病気の源になるということは、江戸時代の人々も経験から理解していた。

親仁は釜の沸き加減を横目で見ながら話しかけてくる。

「印旛沼の水抜きの仕事につこうっておつもりなら、やめといたほうがええだぞ。三人に一人しか生きて帰ってこねぇ。牛馬みたいにこき使われて、おっ死《ち》んじまうんだ」

新三郎は、どうやら自分は浪人だと思われているらしい、と気づいた。旅塵にまみれた格好がうらぶれて見えるのであろう。大黒主水は元から浪人だ。

しかし、と、考えて問い返した。

「士分の者は、人足仕事には雇ってはもらえまい」

刀を差している限り、町人や百姓と同じ仕事に就くことは許されない。徳川幕府がそう定めた。武士の面目が潰れてしまうからだ。浪人の生活が苦しい最大の理由がこの法度にあった。

親仁は首を横に振った。

「印旛沼の普請場だけは話が別だ。ご浪人様でも雇ってもらえる。百姓の衆が怖がって普請場に寄りつかねぇからだべ。そんだけ辛い仕事ってわけだべ。へい、お待ちどお」

親仁は茶を淹れた茶碗を二つ、盆にのせて持ってきた。よほどに話し好きなのか、お喋りは止まらない。

「賃仕事になると知れば、喜んでやって来る浪人様もいなさるだ。だどもなぁ、浪人様でも音をあげる仕事だ。この暑さだぁ。ぶっ倒れてそれっきり、お陀仏になっちまうお人も多いだよ。悪いこたぁ言わねぇ。やめといたほうがええだ」

喋るだけ喋ると親仁は茶店の奥に下がっていった。

大黒主水が滅多にないことに囁きかけてきた。

「印旛沼干拓の普請場では、没義道《もぎどう》が行われているようだな」

新三郎も頷く。

「一揆が普請場を襲ったのも、その没義道に堪えかねてのことかもしれないな」

新三郎は腕組みをして思案した。

「沖宿の九兵衛が江戸まで上訴に出てきた。そして逆に捕らえられて拷問を受けた。普請場の没義道と関わりがあるのだろう」

となると、九兵衛は義民ということになる。新三郎たちが九兵衛を捕まえて江戸に連れ帰り、公儀の仕置きを受けさせることは、この地の百姓にとっては悪逆だ。

「白光、何を考えておる」

大黒主水が低い声音で問うてきた。続けて言った。

「我らは銭で請けた仕事を果たすのみだぞ」

道の向こうから利吉と佐太郎がやって来る。首尾よく待ち合わせることができたようだ。


夕刻、新三郎たち一行は小さな村の旅籠に入った。

天井も柱も煤《すす》けて真っ黒だ。床に畳はなく、莚が敷かれていた。その上で寝るのだ。障子は雨水を弾くための油が塗られて黄ばんでいる。ますます貧乏くさい佇まいであった。

四人は額を寄せ合って小声で密談を始めた。佐太郎が、調べたことを語って聞かせた。

「やはり沖宿の乙名の九兵衛が一揆の首魁《しゅかい》ですぜ。一揆に加わってるのは百姓だけじゃねぇ。漁師の衆も味方につけて、ひと暴れしようってぇ魂胆だ」

昨夜、見聞きしたことを余さず伝える。利吉が質した。

「で、隠れ家はどこなんでぃ」

「常陸川（利根川の支流）の堤の下の漁師小屋だ。利根川との分水から川下に半里ばかりいった所だぜ」

江戸者の新三郎は土地勘がない。だが利吉はその説明で話を飲みこんだようだった。

「まてよ……。その辺りは土浦の殿様と、志筑《しづく》の殿様と、お上の御領の相給《あいきゅう》じやねぇか」

新三郎は顔を向ける。

「どういうことだ」

「お上の御領と土浦様の御料地と、志筑様の御料地があるんですがね、川筋をご領地の境にするってぇのが昔っからの取り決めだ。ところが川ってやつは大雨のたんびに流れを変えやす。川筋が変わってご領地が増えたり減ったりしたんじゃ面倒なことになるでしょう？　それだもんで、その辺りの村は年貢を三等分にして、それぞれのお代官所に納めているんでさぁ」

「なるほど、それが〝相給〟か」

「そういう次第で、本当のご領主がどなたなのか、村の者《もん》でもわからねぇ。どちらさんのお役人様も、捕り方を率いて捕縛に乗り込むことには遠慮があるってぇ話なんで」

「なるほど。だからこそ九兵衛はその地で一揆を旗揚げしたわけだな」

「やっぱり旦那がた追い首がとっ捕まえるしかねぇってことですぜ」

大黒主水が、

「無論、そのつもりである」

と、低い声で唸るように言う。

「よその役人に捕らえられてしまったのでは、我らの雇い主に顔向けができぬ」

「そういうこってす。これも商売。お客様にご満足いただけることが、商いの第一なんで」

新三郎は「だが」と言った。

「我らのみで乗り込まねばならぬわけだが、相手は百姓と漁師の一揆であろう」

今度は佐太郎が「さいで」と答える。

「九兵衛が書いた回状を手にして、百姓と漁師の衆が駆け回り、この昼前には、百五十人ばかりの大人数になっておりやした」

「百五十か。難儀だな」

利吉が新三郎の顔色を見て言う。

「いかに百姓や漁師が相手でも、百五十人を一時に斬り殺すことなんかできねぇでしょう。旦那の息が切れちまう」

新三郎の腕なら十人は一気に斬り殺すことができるが、息切れして腕が重くなったところで袋叩きにされてしまう。

「無論のこと、百姓相手にそんな凶刃をふるうつもりもない」

新三郎は渋い顔つきとなった。

「あっしに考えがありやす」

そう言ったのは佐太郎だ。

「九兵衛は、まだ床が上がらねえ。怪我が癒えるまでは寝たきりで動けねぇんでござんす。ところがだ。一揆の連中は気が逸《はや》ってる。すぐにも印旛沼の普請場に殴り込みをかけようってぇ鼻息だ。そこを突く——ってのは、どうでしょうね」

大黒が「詳しく策を言え」と言った。佐太郎は「へい」と答えて語りだした。

第四章　一揆の群れ

一

深夜、松明《たいまつ》を手にした者たちが大勢で常陸川の土手に集まってきた。

「なるほど佐太郎の言った通りだ。百五十人ぐらいいやがる」

対岸の草むらで利吉が身を潜めている。一揆の様子を油断のない目つきで見張っていた。

同じ草むらの中に新三郎もいる。夜空を見上げて月を探した。

「そろそろ満月のはずだが、今夜は雲に隠れているな」

月のない夜は真っ暗闇だ。だからこそ一揆も松明を掲げている。

「好都合ですぜ」

利吉が薄笑いを浮かべた。

「闇があっしらの姿を隠してくれる。九兵衛が潜んだ小屋まで、誰にも見咎められずに近づけるってもんです」

「おっ、見ろ。一揆勢が動き出したぞ」

松明の列が南に向かって進んでいく。

「普請場を襲いに行くんでしょう。あっしらもそろそろ腰を上げやすぜ」

二人は身を低くさせたまま進んだ。草をかき分けて進んだその先に古い桟橋がある。一艘の小舟が繋がれてあった。

新三郎が舟に飛び乗ると利吉が舫綱《もやいづな》を解きはじめる。新三郎は質した。

「大黒殿と佐太郎はどこだ」

「二人には渡し場を襲ってもらう手筈となっておりやす。あっしらが九兵衛を攫って逃げる時に、一揆の百姓たちは舟で追ってこようとするはずだ。だから先に、渡し舟を流しちまおうってぇ寸法なんで。その後、大黒の旦那には大声を出してもらって、一揆の衆の目を惹き付けてもらう手筈となっておりやす」

利吉は艫に立つと、舟の中に横たえてあった棹を握った。棹の先で桟橋を突いて舟を出し、川の流れにのせた。

闇の中を舟は進む。川の流れは真暗で、まるで墨汁のようだ。周囲が見えないのは恐ろしい。

彼方《かなた》に小さな灯が揺れている。

「あれが、佐太郎が見つけてきた小屋でござんすよ」

利吉は棹を櫂《かい》に持ちかえて漕ぐ。素人の操船なので上手く進まない。そのうちにドンッと船底が川の石を擦った。舳先が対岸に乗り上げた。

新三郎は舟から下りる。利吉は舟に残った。

「あっしは舟の見張りをしやす。首尾よく九兵衛をかっ攫ったなら大声で呼んでくだせぇ。種火を振ってこっちの居場所を知らせやす」

「わかった」

この闇だ。二人で一緒に舟を離れると、舟の場所がわからなくなる。

「白光の旦那、小屋に突っ込むのは大黒の旦那が騒ぎを起こして、一揆の衆の気を惹いてからですぜ。くれぐれも早まった真似はしねぇでおくんなさい」

「それも心得た」

闇の中、河原の砂利を踏んで進んでいく。小屋の周りには男たちが五、六人ばかり集まっている。百姓か漁師かわからぬが、九兵衛を守っているようだ。

しばらく息をひそめていると、遠くで「わあっ」と喚声があがった。剣呑な気配が小屋にまで届いた。

「なんだべッ？」

小屋の周りの男たちはたちまちにして落ち着きを失った。闇の彼方では松明が激しく揺れている。大黒主水が殴り込みをかけたのだ。

「ちょっくら見てくるべぇ」

男たちの何人かが持ち場の小屋を離れて騒ぎのする方向に走り去っていく。まんまと策に引っかかったのだ。

新三郎は一気に小屋に駆け寄った。板戸の前に一人の百姓が突っ立っている。新三郎に気づいて「あっ」と声をあげた。新三郎は百姓の鳩尾《みぞおち》に刀の柄頭を叩き込んだ。

抜刀居合術では、敵の剣士の斬撃を刀の柄で受ける。鞘を摑んで柄を突き出す技があるのだ。その速さは斬撃にも劣らない。狙いも確かだ。

鳩尾の下には肝臓がある。肝臓を強打されると力が抜ける。酷い時には失神する。武芸者による一撃をくらった百姓は、声もあげずに膝から崩れた。

小屋の中で人の蠢《うごめ》く気配がした。

「どうしたのだ」

物音に気づいたらしい。新三郎はかまわずに板戸を押し開けた。

小屋の中には一人の男が寝かされていた。武士が踏み込んできたことに気づいて夜具を払いのけようとした。

「沖宿の乙名、九兵衛だな」

新三郎は質した。九兵衛は返事をしないが続ける。

「江戸からお前を追って来た者だ。拙者と一緒に江戸に戻れ。おとなしく従うのならば手荒な真似はせぬ。抗《あらが》うのであれば痛い目にあってもらう。百姓の助けを呼ぶならば、その百姓も怪我を負うことになるぞ」

黒い影の息が激しく乱れた。

「お、お役人様なのでございますかッ」

「騒ぐなと申しておる」

新三郎は素早く駆け寄ると柄頭を九兵衛の鳩尾に叩き込んだ。九兵衛は唸って気を失った。

新三郎は九兵衛の腕を摑んで引っ張り上げた。その身体を両肩で担いだ。

新三郎は優男《やさおとこ》だが総身を武芸で鍛え上げている。易々と担いで九兵衛を小屋の外に運び出した。

闇の中を走る。周囲には人の気配がいくつもあった。百姓たちが戻ってきたのだ。新三郎は河原を目指して走った。

「利吉ッ」

「旦那ッ、こっちだ！」

利吉の声がした。火縄につけた火を振り回している。闇の中に橙色の円が見えた。新三郎は駆け寄った。

「首尾よく運びやしたね。すぐに舟を出しやすぜ！」

新三郎は九兵衛を船底に下ろした。利吉は碇《いかり》を引き上げると、棹で岸を突いた。舟が岸を離れた。

その時、闇の中から真っ黒な影が飛び出してきた。

「利吉ッ」

敵の接近に気づいた新三郎が叫ぶ。だが利吉の目にはなにも映らなかったらしい。左右に目を泳がせている。

黒い影が川岸を踏み切って舟に躍りこんできた。舟が大きく揺れて大きな波が立った。

「なんでぇ手前は！」

利吉が叫んだ。曲者を棹で叩こうと考えたのか、両腕に力を籠めたが、水に浸かった棹を咄嗟《とっさ》に引き抜くことはできない。謎の影に体当たりされて川面に転落した。

「うわーっ」

悲鳴が聞こえる。ドボーンと水柱があがった。舟はすでに川の流れに乗っている。あっと言う間に引き離された。

新三郎は利吉を助けるどころではない。謎の敵は仁王立ちして身構えている。新三郎は腰の刀の柄に手を添えると抜刀斬撃の姿勢をとった。

船頭のいない舟は大きく揺れる。修行で足腰を鍛えた新三郎をもってしても足場が定まらない。

黒い影は刀を抜いて大きく構えた。頭上に大刀を振り上げる。一刀の下に斬り倒そうという魂胆だ。舟の上では精緻な立ち回りはできない。力任せに倒そうと考えたのに相違なかった。

雲が風に流れた。切れ間から月の光が射してきた。謎の男の顔を照らしだす。新三郎は瞠目した。

「……も、百々木殿！」

百々木弥一郎も愕然《がくぜん》としている。

「白光殿か。なにゆえ、そこもとがここに……」

そして目つきを急に険しくさせた。

「江戸の〝追い首〟とは、そこもとのことでござったか」

新三郎も問い返す。

「百々木殿は一揆に加担しなさっているのか」

「否」

百々木は険しい声音で答えた。

「わしは逃がし屋の一味だ。江戸の悪党の手先となった」

「なんと！」

あの百々木が飯綱屋お甲に従っているというのか。

飯綱屋は矢倉屋の仇敵《きゆうてき》。つまり新三郎と百々木も敵同士、ということになる。

舟は揺れる。川下へと流されてゆく。二人の剣客は、船底に横たえられた九兵衛を挟んで睨み合う。

百々木の構える刀が静かに、殺気を籠めて下りてくる。上段から正眼に構えが変わって、切っ先は新三郎の利き目にピタリとつけられた。

「わしは金で雇われた。金のぶんだけ働かねばならぬ。九兵衛は取り戻す。白光殿にはここで死んでもらう」

「やむを得ませぬ」

新三郎は居合の構えだ。

百々木の目がピクリと動く。

「やはり居合を使うか。先だっての道場で見せた剣は、贋物であったか」

気と気でジリジリと押し合う。相手を牽制しながら草鞋《わらじ》の裏を滑らせて間合いを詰める。極度の緊張で首筋の毛が震えた。

百々木がフッと笑う。

「……互いにこれほどの剣を身につけながら、剣で身を立てることも叶わず、銭で雇われての人斬り稼業か。だが、この恥辱とも今夜限りでおさらばだ。わしかそなたのどちらかは、な」

無駄口も、相手の心を乱すための兵法か。

百々木の殺気は大きく膨れ上がったり、萎《しぼ》んだりを繰り返した。殺気が萎んだ瞬間には、斬り込んでゆけそうな気がする。だがそれは誘いの罠だ。誘われるがままに斬りかかるのはまずい。

相手の体勢を崩さねばならない。百々木も同じことを考えている。焦って先に斬りつけた側が、自ら体勢を崩すこととなって、斬り返されてしまうのだ。

「そこもとの刀、長い柄だな」

百々木が呟く。

「長い柄でわしの打ち込みを跳ね返し、返す刀で斬りつけようという策か」

居合の剣士と戦ったことがあるようだ。居合術の奇策など、とうに読み切っている、という顔つきだった。

舟が揺れた。押し流されていた船体が中州にドーンと乗り上げた。舟が大きく傾く。船底に寝かされていた九兵衛が船縁から飛ばされそうになった。新三郎と百々木はそれでも姿勢を崩さない。だが、抜刀術を繰り出すには、あまりに足場が悪すぎた。

「トワーッ！」

百々木が斬りかかってきた。新三郎は咄嗟に鞘ごと刀を突き出し、刀の柄と鍔《つば》で受けた。百々木の刀が鍔に当たって金属音と火花を散らした。

辛くも防いだ新三郎だが、斬り返すことはできない。舟は中州を離れて川中に戻った。船尾と船首が回転する。百々木ですら振り落とされそうになっている。

ついに舟が覆った。新三郎は水中に投げ落とされた。

耳元でゴボゴボと音がする。夜の水中は上と下の見分けがつかない。どこが水面で、川底なのか、わからない。

夏の増水で水の流れはきつかった。新三郎は大きく流されて川底の石に頭を打ちつけた。

「ぐわっ」

目から火花が散る。新三郎は気を失った。

二

大黒主水は丸太を振り回している。身の丈六尺の大男が真っ黒な装束で暴れ回るのだ。一揆の者たちの目には大入道の妖怪のように見えただろう。とにかく恐ろしい。百姓たちは勢いに押されて逃げまどった。

佐太郎も〝素走り〟の異名のままに走り回っては、葦の葉陰から石を投げつけ攪乱《かくらん》した。一揆の目には、敵が二人だけだとは映るまい。大勢に囲まれたと思ったはずだ。

「俺たちは普請場で雇われた者《モン》だ！　一揆退治にやってきたぜッ。神妙にしやがれッ」

佐太郎は声音を変えながら罵声を浴びせて一揆の者たちを挑発した。

ふたりが戦っている理由は、新三郎が九兵衛を攫う時間を稼ぐためだ。

一揆の衆は闇の中から続々と涌いて出てくる。二人を目掛けて集まってきた。

大黒主水は丸太を振り回しているが、百姓衆に当たらないように手加減している。本気で殴ったら殺してしまう。大黒主水は凶悪な剣術の持ち主だが、無益な殺生は好まない。

佐太郎は大黒主水に向かって叫んだ。

「旦那ッ、そろそろ潮時だッ」

大黒主水は頷いた。太い丸太を一揆の衆に目掛けて投げつけた。

一揆の者たちは「おおっ」とどよめいて逃げる。その隙に踵を返して駆け出した。

追ってくる者はいない。大黒と佐太郎は闇の中に逃げ込んだ。

百姓一揆の者たちは激しく憤っている。

「今の曲者どもめ、一揆退治だと抜かしやがったべ！」

「勘太夫の差し金だべか！」

「もう勘弁ならねえだぞッ」

「オラたちがどんだけ腹を立てているのか思い知らせてくれるだ！　さもねぇと、これからもずっと酷ぇ目に遭わされ続けるだぞ！」

「先に手ぇ出したのはあっちだ！　打ち壊しだァ」

口々に気勢をあげると松明を手に進みだす。目指すは印旛沼干拓の普請場だ。道々の村々で鐘が打ち鳴らされた。危急を報せるためではない。一揆への参加を促すためだ。

松明の列が大河の流れるようにして進んでいく。もはや誰にも止めることはできない。


「さぁ、丁方ないか。丁に張った！」

壺振りの横で中盆《なかぼん》が声を張り上げた。畳に白い布を広げて作った盆茣蓙の周りに人足たちが集まっている。皆、互いに張った駒を睨んで目の色を変えていた。

　ここは印旛沼干拓の普請場、人足たちの長屋だ。勘太夫の一家が賭場を開帳している。駒を張るのは人足たちで、張られる銭は人足仕事の給金だ。百目蝋燭《ひやくめろうそく》に照らされた盆茣蓙は明るい。夜が更けても眠気などどこへやら。皆、頭にカッカと血を上らせて賽子《さいころ》の出目《でめ》に一喜一憂していた。

　賭場の奥に銭函を据えて勘太夫が座っている。煙管《キセル》を斜めに咥《くわ》えてニヤリと笑った。

　イカサマ博打で人足たちから銭を巻き上げてしまおうという魂胆だ。日払いの給金がその夜のうちに戻ってくるのだから笑いが止まらない。

　この賭場も普請奉行所の黙認の下に開帳されている。儲けの内から上納金を奉っていれば文句は言われない。むしろ「よくぞ銭を取り戻した」と褒められるほどだ。

　張られた駒の数は丁が多かった。壺振りは壺を開ける前に素早く賽子を確認し、丁であるなら賽子を転がして半にしてしまう。壺の口には横に黒糸が張られている。この糸を使っていかようにも出目を操ることができるのだ。それがイカサマ壺振りの腕であった。

「五二の半！」

丁に張った駒が没収される。人足たちは残念そうな声を上げた。

と、その時であった。小屋の外から騒々しい物音が聞こえてきた。勘太夫はジロリと窓に目を向けた。

「なんでぇ？　喧嘩か」

息せき切って、一人の子分が飛び込んできた。

「親分、大ぇ変だ！　百姓どもが手に手に松明を掲げて押し出して来やがった」

「なんだとッ」

勘太夫は着物の裾を絡げて外に出る。そして「ああっ」と叫んだ。

松明の群れが地平を埋めつくすようにして迫って来る。実際には二百人程度であったのだが、勘太夫の目には雲霞《うんか》の如き大軍に見えた。

「ふ、防ぎきれねぇッ」

勘太夫は小屋の中に戻ると銭函を両手で担ぎ上げた。子分たちが集まってくる。

「親分、どうなさるんで」

「逃げるんだよ馬鹿野郎ッ。お前たちだけでどうこうできる数じゃねぇやッ」

一揆のあげる鬨《とき》の声が近づいてくる。作事場を囲む柵や板塀を打ち壊す音が聞こえた。

ヤクザ者は弱い相手には強いが、強い敵には滅法弱い。逃げることを恥とも思わずに逃げ出した。

百姓一揆は普請場を蹂躙《じゅうりん》した。堤を崩して川の流れを干拓地に引き込み、辺り一面を水浸しにする。

半時ばかり暴れ回ると半鐘が打ち鳴らされた。それを合図に一揆の者たちは引き上げた。

三

「ええいッ、小癪な百姓どもめ！」

陣笠をつけた武士が激昂する。手にした鞭を床に叩きつけた。

普請場を見下ろすことのできる高台に陣屋が建てられてあった。

怒りに任せて喚き散らしているこの男の役職は普請方改役《ふしんかたあらためやく》である。普請奉行の下にあって普請の現場を采配する。

新三郎たちがこの地に乗り込んできた時、勘太夫一家に取り囲まれた。その際に馬に跨がって駆けつけてきた男であった。

一揆が破壊した堤から水が流れ込んでいる。せっかく排水した土地が元の沼地に戻ろうとしていた。

「なんたることかッ」

陣屋は高台にあるので水没することはないが、人足たちが寝起きする小屋は床まで水に浸かっているという。

なんの恨みがあって一揆の者たちは暴挙に出たのか。その理由がわからない。沼を干拓して田畑が増えれば、百姓たちの暮らしも良くなるはずだ。

「とすると、漁師どもの差し金か」

沼を埋められれば漁場が減る。漁師が怒っているのかもしれない。

ちなみにこの時代の〝百姓〟は、〝苗字を名乗ることのできない庶民〟の総称であって、漁師や猟師も百姓に含まれる。だが、百姓といえば農家のみを意味するようになりつつある。

大水の流れこむ轟音が陣屋の建物を震わせた。障子がカタカタと揺れている。

改役の武士は青い顔で耳を押さえた。

「これはまずいぞ……。一揆が暴れていることが江戸に知れたなら、わしが詰め腹を切らされる」

印旛沼干拓は八代将軍吉宗の発案で計画され、老中田沼意次の肝入りで進められてきた。失敗することなどあってはならない。

失敗したとしても「吉宗様の立案に無理があったからだ」とは、絶対にならない。現場の者の不手際のせいで吉宗様の壮図《そうと》が挫《くじ》かれた――ということにされてしまう。

生きた心地もなく身を震わせていると、開いていた戸からヤクザ者たちが踏み込んできた。

「な、なんだお前たち！　断りもなく陣屋に入りおって」

改役の武士は急いで威厳を取り繕った。だが、入ってきたヤクザ者――勘太夫一家は、不敵な笑みを浮かべるばかりで悪びれた様子も見せなかった。

「だいぶお困りのご様子ですな、改役様」

勘太夫が言った。人の弱みにつけこむのがヤクザの手管で、それは相手が武士であろうとも変わりはない。弱っていると見ればすぐに強請《ゆすり》にかかる。

「この有り様、江戸の上役様に、なんと申し開きなさるおつもりなんで？」

改役は顔を青くしたり、赤くしたりした。

「貴様の知ったことではないッ」

勘太夫は不遜な薄笑いを浮かべつつ引き下がる様子もない。

「こうなっちまったら改役様の手で不届き者の一味をお縄に掛けるしかありやせんぜ。一揆の頭目を捕まえるんでござんすよ」

改役は目を泳がせた。今は藁《わら》をも摑む思いだ。「だが……」と、相手がヤクザ者と知りながら語りかけてしまった。

「一揆の首謀者が潜んでおるのは相給地だ。場所が悪い。わしが捕り方を差し向けたなら、お大名様がたが気を悪くなさりかねない」

そうなったら、そうなったで、やはり切腹ものなのだ。地方の役人などは所詮トカゲの尻尾だ。切り捨てられるために役職に就けられていると言っても過言ではない。

勘太夫はニヤリと笑った。

「そういうことなら、ますますあっしらを頼りとなさるがよろしいですぜ。あっしらは元より渡世人だ。どちら様の御領地だろうとお構いなしに踏み込んでいくのがヤクザ者。あっしらを手下として使ってやっておくんなせぇ」

徳川幕府の役人たちは町人を配下として使っている。町の治安の要である自身番や木戸番に詰めているのも町人であるし、町火消も町人だ。宿場役人は旅籠の主人が月番で務めているし、治安の維持は博徒の親分に委《ゆだ》ねられている。

であるからここで、この改役が勘太夫を雇ったとしても、批判に晒されることはない。

少なくとも改役はそう考えた。

改役の顔つきを見て、心を動かされたと見て取った勘太夫は、図々しい要求を持ちかけてきた。

「ついてはご褒美を頂戴したいんで」

「銭を出せと申すか」

「あっしらはお侍じゃござんせんので、忠義の心は持ち合わせやせん」

「むぅ。左様であろうな」

忠義の心で滅私奉公する者には名誉が与えられる。武士の名誉をヤクザ者に授けることはできないのだから、銭を与えるしかない。幸い、改役は干拓の予算を自由にできた。

「だが、まことにお前たちの手で一揆の首謀者を捕らえることができるのか。一揆は百五十人とも二百人とも知れぬ。しかも土地勘のある者たちだ。漁師は小舟に乗って沼や水路を渡り、神出鬼没だぞ」

「こっちも腕利きを揃えりゃあいいって話ですぜ。つきましては改役様に御検分いただきてぇ者どもが控えておりやす」

勘太夫は改役を促して外に出た。

陣屋の前の広場に四人の男たちが侍《はべ》っていた。三人は浪人。一人は風体の怪しげな、職分のよくわからない若者であった。伸び放題の髪をわらしべで結わえている。月代は剃っておらず、前髪が眉の下までかかっていた。

浪人の一人は痩身で長身。目は細く、目を開けているのか閉じているのかわからないほどだ。薄汚い袴を穿いている。

二番目の浪人は総髪の着流しで、着物の裾から女物の襦袢《じゅばん》の生地を覗かせていた。わざわざ女物の下着をつけるのは、目立ちたい一心からの工夫であろうか。手には薙刀《なぎなた》を握っている。

三番目の浪人は袖無しの陣羽織を着け、裁っ着け袴を穿いた男で、陣羽織の衿に金泥で『天下無双の剣者』と書かれてあった。浪曲にでも出てきそうな回国修行者の姿であった。

浪人の三人は改役に向かって立ったまま低頭する。四人目の男は膝を地べたについて頭を下げた。

改役はジロリと一瞥をくれてから勘太夫に質した。

「なんなのだ、この者どもは」

「このあっしが関八州のほうぼうから集めた腕利きにござんす。一揆の首魁の九兵衛には腕の立つ用心棒がついておりやす。百姓どもも数を頼んで押し出してきやがる。腕利きの先生方に蹴散らしてもらうしかねぇんでござんす」

「お前が呼び集めたこの者どもを、このわしに『雇え』と申すか」

「改役様のお役に立ちてぇ一心でござんすよ」

改役は思案した。浪人の三人と不逞者の一人を雇うぐらいの銭はある。だが、まことに腕が立つのであろうか。勘太夫のごときヤクザ者の言われるがままに銭を出すのも業腹だ。

そこで改役は言った。

「腕のほどを、わしの前で見せてみよ」

「なんと仰せで」

「試合をして見せよと申しておるのだ。まことに腕利きであったならば、雇ってやらぬものでもない」

勘太夫は浪人三人に目を向けた。

「こう仰っていなさるが、どうなさいやす、先生方」

回国修行の武芸者が、厳めしい顔をグイッと上げて、

「望むところだ！」

と答えた。襦袢の男は薄笑いを浮かべて頷く。目の細い浪人にも、異存はない様子であった。

「手前ェはどうする」

勘太夫は最後の男に質した。浪人に対しては敬語を使うが、この若い男に対しては乱暴な物言いだ。

「あっしも、かまわねぇ」

若い男は不貞腐れたような顔つきで目も合わせずにそう答えた。

「よぅし、そんなら戦ってもらおうかい」

まずは目の細い浪人と、襦袢の浪人が試合をすることとなった。

「拙者は薙刀の使い手だが、どうする。薙刀の代わりに棒でも使ってやろうか。貴公も棒で打たれたほうがましであろう」

襦袢の浪人が鼻先で笑いながら言う。姿に似合いの気障りな口調だ。

目の細い浪人は表情も変えずに青黒い顔色で答えた。

「そのままでよい」

襦袢の浪人はカラカラと笑った。

「真剣勝負をお望みか。薙刀を相手に？　ほほう。どうでも死にたいと見える」

襦袢の浪人は薙刀に被せてあった鞘を払った。

「駿州《すんしゅう》浪人、河合早乙女介《かわいさおとめのすけ》」

本名かどうかは怪しいものだ。ふざけた名前である。

「いざ！」

薙刀を構える。なかなか堂に入った構えだ。鋼色の刃が妖しく光った。

相手の浪人の細い目が、一瞬、険しくひそめられる。だがすぐに冷えきった表情に戻った。

「田中壱兵衛《たなかいちべえ》」

浪人は名乗った。こちらは平凡すぎて、やはり偽名らしく思われる。

田中は刀を抜いた。刃の厚い、大だんびらだ。無造作に構える。ユラリと立つその姿は、気負いがないのを通り越して幽霊のようだった。

改役は二人の分まで緊張した顔つきで見守っている。江戸で育った役人。斬り合いを見るのは初めてだ。

勘太夫は興奮しきって鼻息も荒い。喧嘩や戦いが大好きなのだ。乱杙歯《らんぐいば》を剝き出しにさせている。

「遠慮はいらねぇぜ。殺っちまえ！」

勘太夫の声をきっかけとして二人の間合いが詰まった。

「いざ！」

早乙女介が薙刀を振り下ろす。相手の動きを誘うための牽制だ。最初から間合いに届く距離ではない。田中は完全に見切っていて、刀で合わせようともしなかった。

「イヤーッ！」

早乙女介は真横に薙刀を振るう。田中が踏み込んで来ないように振り回し、勢いをつけると、

「タアッ！」

気合もろとも田中の脛に斬りかかった。

脛斬りは剣術では滅多にない技である。薙刀の打ち込みは避け得ない——と、誰もが思った。

瞬間、田中の腰が沈んだ。膝立ちになるまで身を屈めると太刀を振るって、薙刀の刃を打ち払った。ギインッと凄まじい音が響いた。

「むっ……！」

早乙女介の顔が歪む。薙刀の柄を手から取り落としそうになっている。

改役が声を上げた。

「なんという膂力《りょりょく》かッ！」

薙刀の打ち込みを刀で撥《は》ね除《の》けるとは。

田中は腰を低く落としたまま前に跳んだ。大だんびらを突き出す。早乙女介の胸を深々と刺し貫いた。

「グワーッ！」

早乙女介は血を噴き上げながら真後ろに倒れた。

田中は無表情に見下ろしている。懐紙を出して刀身を拭った。人を殺したとも思えぬ、静かな姿だ。刀を鞘に納めると早乙女介に背を向けた。

勘太夫は「ヒヒッ」と妙な声をあげた。早乙女介の骸に駆け寄ると大喜びしはじめた。

「すげえッ。てぇした腕だぜ、先生よォ！」

田中はつまらなそうな顔で無視した。改役に対してだけは一礼した。骸は勘太夫の手下が片づける。続いて回国修行の武芸者と、不逞の男が踏み出してきた。

武芸者はカッと目を剝いた。鼻息を吹いて両肩を力みかえらせた。

「天下無双流、寺尾源吾《てらおげんご》！」

名乗るやいなや、大小の刀を同時に抜いて両腕で高く掲げた。刀身を頭上で交差させた。

「明月《みょうげつ》の剣！」

最後の一人は、伸びた前髪の下から三白眼で睨みつけている。

「オラぁ、猟師の直吉《なおきち》だ」

改役は「なるほど猟師か」と呟いた。月代も剃らず、髷も結わぬのは、山奥で暮らしているからなのに違いない。

しかしである。一介の猟師がどうやって武芸者に勝つというのか。腰帯の後ろに短刀を差しているが、こんな小刀、木の枝を切る時にしか使えまい。

直吉は、縄束を腰に下げていた。それを摑んで解き、両手に下げた。

寺尾源吾は目を剝いたまま「用意はできたか」と質した。

直吉が頷くと、「では参る！」と大きく身構え、怪鳥《けちよう》のような奇声を発した。

「キエーーーッ！」

凄《すさ》まじい声量だ。一方の直吉は片手で縄を振り回している。寺尾源吾の動きを見ながら、右へ右へと立ち位置を変えた。寺尾源吾もそれに合わせて身体の向きを変えていく。

「タアッ！　オヨォオッ」

寺尾の奇声が続く。一方の直吉はムッツリと無言だ。白い目で寺尾を睨みつけている。

「そこだッ」

寺尾が長刀を振り下ろした。直吉が転んだ。武芸者の斬撃に脅えて腰を抜かしたように見えた。

直吉は転がりながら逃れる。あまりにも体勢が低すぎて寺尾の斬撃が二度、三度と空振りした。そして突然、

「ムムッ……」

と寺尾は叫んだ。

腕に直吉の縄が絡みついている。転がりながら縄を輪にして掛けたのだ。

すかさず直吉はグイッと引いた。両手で手繰り寄せていく。

縄には茨《いばら》のような棘《とげ》が植えられてあって、寺尾の着物に絡みついて離れない。

「おのれッ」

寺尾も負けじと踏ん張る。短刀で断ち切ろうとした。

だが、女の髪を縒《よ》り合わせているらしく、縄を切断できない。

ならば、と寺尾は直吉に躍りかかった。引かれる力に逆らわずに斬りつける。

直吉は再び身を丸めて転がった。斬撃を避けながら縄を繰り出して、寺尾の足首にも掛けた。そして立ち上がりながら強く引いた。

足を引かれて寺尾が尻餅をつく。直後、直吉は腰の後ろの短刀を引き抜いて、寺尾の身体に飛び掛かった。馬乗りになって短刀で寺尾の首を掻き切った。

ブシャーッと血飛沫《ちしぶき》があがる。寺尾は絶叫した。

直吉はすぐに飛び退く。寺尾は最後の力で直吉に一太刀くれようとした。

直吉は短刀を投げつける。寺尾の眉間に突き刺さった。寺尾は「グッ……」と唸り、目を剝いたまま倒れた。

直吉は息を喘がせている。寺尾が息絶えたのを確かめてから縄を外した。

改役は茫然としている。一方、勘太夫は満足そうな笑みを浮かべて頷いた。

「やるじゃねぇかよ若いの。噂で聞いた通りの腕前だな。武芸者を殺すなんてこたぁ、生半可な腕でできることじゃねぇ」

直吉は縄を巻いて腰に下げながら答える。

「熊や猪を仕留めるより、ずっと簡単さ」

「言うじゃねぇか」

勘太夫は愉快そうに笑った。それから改役に向かって腰をかがめた。

「いかがでございしょう。腕前にご納得いただけやしたでしょうか。それとも、この二人を立ち会わせますかい？」

改役は満面に流れる冷や汗を懐紙で拭った。顔色が真っ青だ。

「も、もうよい……ッ。お前たちの腕前はわかった！　雇ってやるッ。百姓一揆の首謀者と、用心棒の浪人を仕留めて参れッ」

田中と直吉は低頭で答えた。勘太夫は図々しさを隠しもせずにほくそ笑むと、

「前金で頂戴してぇんですがね」

と言った。

四

新三郎は激しく咳き込んで、目を覚ました。

「ぐえっ、ゴホッ……！」

生臭い水が喉の奥から噴き出してくる。

粗末な家の三和土《たたき》の上に、莚を敷かれて寝かされていた。夜具の代わりに汚い布が被せられてある。それ以外は褌一丁の裸体だ。

新三郎は水を吐いた。泥水は肺の中からいくらでも溢れてきた。噎《む》せながら喘いでいると板戸が開いた。眩しい陽光が差してくる。一人の男が飛び込んできた。

「大ぇ丈夫だべか、お侍さん」

新三郎は口を拭って男を見上げた。貧しそうな五十男だ。継ぎあてのある半纏を着ている。百姓なのか漁師なのか、よくわからない。

男は新三郎の枕元までやって来た。

「水を吐いたなら一安心だべ。これで熱が出なけりゃあ、すぐに良くなられるべぇよ」

「お前は何者なのだ。ここはどこだ」

男は、欠けた前歯をニッと見せて笑った。

「オラは漁師の平太《へいた》いう者《もん》だ。ここはオラの家だべ」

「拙者はなにゆえ、ここにおるのだ」

「覚えてねぇのか。川に流されていたんだべよ」

頭がズキッと痛んだ。昨夜の戦いを思い出した。

川に落ちて頭を岩にぶつけて気を失ったのだ。そのまま流されていたところを、この親仁に助けられたらしい。

(百々木殿と九兵衛は、どうなったのだ……)

そして新三郎はハッとなった。目の前の漁師は一揆の一味なのではあるまいか。きっとそうに違いない。

一揆はその土地で暮らす者たちが全員で血盟する。加わらない者は村八分にされるのだ。よって一揆の一味だと考えねばならない。

(拙者が九兵衛を捕らえに来た者だと知れたら、命はないぞ)

「お侍様は、どちら様だんべぇな。旅のお人のようだけんど」

「あ、頭を打った拍子に忘れてしまった……。何も思い出せない」

新三郎は咄嗟に嘘をついた。自分でも下手くそな芝居だと呆れる思いだ。

平太は疑わしげな目を向けている。

田舎者は純朴だと信じられているが、実際にはかなり狡賢いということを新三郎は知っていた。追い首稼業で関八州をさんざん旅してきたからだ。田舎者は自分を純朴で愚鈍なように見せる。それは彼らの処世術なのだ。まんまと騙される江戸者のほうがよっぽど純朴なのである。

なるべく早くにここから逃げ出さねばならない。ズキズキと痛む頭で思い悩んでいると、再び板戸が開けられた。

「目を覚まされましたか」

新三郎はギョッとなった。戸口に立っていたのは沖宿の乙名の九兵衛であったからだ。

九兵衛は莚の横に正座した。この家には床がない。

「あなた様は手前と一緒に舟から落ちたのです。この漁師が仕掛けた網に引っかかったので助かりました」

平太が頷く。

「おっきな魚がかかったなぁと思ぅて舟を寄せたら乙名さんとお侍様だべ。オラぁ仰天しただよ」

「平太、わたしはこのお侍様と話がある。外してくれるか」

「へいへい」

平太は外に出ていった。新三郎は身体を起こして莚の上に座り直した。無言で見つめ合っていると、九兵衛が先に口を開いた。

「これをお返しいたします」

濡れた紙を差し出してくる。それは新三郎の道中手形であった。油紙に包んで着物の懐に縫いつけてあった。

道中手形には身許が書かれている。

「あなた様は、ご公儀のお旗本のご令弟様なのですな」

「いかにもだ」

「手前は、用件が済めば、江戸の関東郡代役所に自ら赴きまする。捕縛はご無用のことにございまする」

九兵衛は、新三郎のことを公儀の役人と勘違いをしているようだ。新三郎もあえて真実は語らない。

「左様な心がけであるならば、おとなしく拙者と同道いたせ」

「無論のこと、お上に手向かいする所存はございませぬ。ですが、あと四日のご猶予を頂戴したく存じまする」

「四日の猶予でなにを企むつもりなのだ」

「川と印旛沼とを隔てる堤を崩しまする」

「なんだと！　公儀の普請の邪魔をいたすのか」

「これぱかりは引けませぬ。この村の者たちに指図して、あなた様を襲わせて縛りつけてでも、成し遂げてご覧に入れまする」

「なんのためにそのような無法を働くのだ。沼の干拓は田畑を増やすためのもの。八代様は貧しい百姓の身が立つようにとお考えくださったのだ。お上のご恩を仇で返すつもりか」

「今のままにしておいたならば、この地で暮らす者たちの命が失われまする」

「どういう話だ」

「あと四日で十五夜にございまする。内海の水が押し寄せてまいります」

「いかなる理屈だ」

「この土地でお暮らしではないあなた様には、とうていおわかりにはなりまするまい。十五夜には――」

何事か説明しようとした、その時であった。外で女の悲鳴があがった。慌ただしい足音が駆けてきて、平太が小屋に飛び込んできた。

「乙名さん、大ぇ変だ！　勘太夫一家が押しかけてきただぞ！」

ヤクザ者の罵声が聞こえてくる。

「野郎ども、畏れ入りやがれッ。俺たちゃあ普請奉行様の御用だぞ！」

瀬戸物の割れる音と女の悲鳴が続いた。平太は走り出ていった。

「わたしを捕まえに来たのか……！」

九兵衛は身を震わせながら立ち上がり、板戸の陰に身を寄せた。戸口の隙間から外の様子を窺っている。

新三郎も立ち上がった。

（あのヤクザ者たちだな）

非道が過ぎて博徒の大親分から破門を言い渡されたのだと利吉が言っていた。

頭が眩んだが、歩けぬことはない。頭には瘤《こぶ》ができているが、たいした怪我ではないようだ。

「九兵衛、ここはいったん拙者と逃げよ」

新三郎は言った。

矢倉屋の追い首を雇ったのは関東郡代だ。今、この村に押しかけてきたのは、普請奉行の息のかかったヤクザ者だ。勘太夫一家に九兵衛を捕らえられてしまったならば、九兵衛の身柄は普請奉行所の手に落ちる。矢倉屋と新三郎は関東郡代と交わした約定を果たせなかったことになる。

徳川幕府は典型的な縦割り行政で、役所同士で反目し合っている。関東郡代が矢倉屋のような裏社会の組織に依頼してきた理由は、余所の役人に九兵衛の身柄を押えられたくなかったからに違いないのだ。

そんな裏事情があるとは知らない九兵衛は、怪訝な目を向けてきた。

「な、なにゆえあなた様が、手前を救ってくださるので……」

説明するつもりはないし、その暇もない。

「そなたは昨夜、拙者の命を救ってくれた。その礼だと心得てくれ」

しかし刀がない。褌一丁で寝かせられていた。髷も解けてザンバラ髪。顔は川の泥で汚れている。

「拙者の刀はどこだ」

「存じません。川に落ちた時に沈んだのではございませぬか」

「さもあらん」

外の喧騒はますます激しくなっている。ヤクザ者たちが大暴れしているのだ。
新三郎と九兵衛は台所口から外に出た。

裏庭に洗濯物が干してあった。親仁の野良着を拝借する。帯はないので、落ちていた藁縄を拾って結び、わらしべの一本で髪を束ねた。

着物を着る動作だけでも辛い。肺に泥水が入ったせいで息が苦しい。とりあえず台所にあった擂粉木棒を拾って片手に握る。漁師の家の陰に隠れて、村の広場の様子を窺った。

ヤクザ者たちの十人ばかりが村の漁師たちとその家族の四十人ほどを取り囲んでいる。長脇差《ながどす》を閂に差して威嚇《いかく》していた。長脇差は武士の刀よりは短いが、匕首よりははるかに長い。今にも抜くような素振りを見せて村人たちを脅えさせた。

（ヤクザ者たちの腕は、たいしたことがない……）

新三郎はそう見てとった。所詮はヤクザの剣法で、柄を握る〝手の内〟や行歩がなっていない。

しかし一人だけ油断のならない浪人がいた。痩せてはいるが、総身を鍛えあげている。勘太夫が雇った用心棒であろう。

それは田中壱兵衛であったが、もちろん新三郎には相手の名前はわからない。

勘太夫の姿はなかった。一家の子分たちだけのようだ。

「やいやいッ手前ェら！　一揆の一味じゃあるめぇな！」

子分の一人が、ギョロッとした目を剥いて喚いた。ひょっとこの面に似ている。

「一揆は打ち首獄門だ！　俺たちゃあ普請奉行所の御詮議でやって来たんだ。一揆の者だとわかったなら、その場で首を刎《は》ねてくれるぞッ」

漁師たちは青い顔をして目を背けた。徒党を組めば一揆は強いが、少人数に切り離されたら、ヤクザ者には敵《かな》わない。

ひょっとこ顔のヤクザは大声を浴びせ続ける。

「手前ェら、一揆に関わりがねぇと証《あかし》を立ててぇのなら、普請場の仕事を承りやりやがれッ。この村から差し出す人数は七人だ。年寄りや子供はならねぇぞ」

「待っておくんなせぇ」

抗弁したのは、新三郎を助けてくれた漁師、平太であった。

「そんなに大勢の男手を取られちまったら、漁師の仕事がままならねぇだ」

ひょっとこは「んん？」と言って平太に顔を近づけさせた。

「手前ェ、平太じゃねぇか。親分の賭場で借金をしていたっけなぁ。借財は三両だ！　さぁ、今すぐに耳を揃えて返しやがれッ」

「さ、三両ッ？　馬鹿言っちゃいけねぇだ。オラが駒代に借りたのは百文だべ」

賭場では駒をただで貸してくれる。博打に負けて頭に血が上った者は、負けを取り返そうとしてさらに駒を借り続ける。そして借金が膨らんでいく。

ひょっとこ男は顔をグイッと近づけて凄む。

「借金には利息ってもんがつく。積もりに積もって三両だ！　さっさと払いやがれッ。払えねぇってのなら組内《くみうち》の者《もん》に払わせるぜ」

百姓や漁師は五軒で五人組を形成させられている。借金も五軒の連帯で支払うことがあったのだ。

「そんな無茶な……！」

「言いたいことがあるのならお上に言え！　借金が払えねぇのなら、手前ェら五人組の身柄は押えさせてもらうぜ。男は普請場で働けッ。女は岡場所だ！」

新三郎と九兵衛は隠れて見ている。九兵衛は憤りで鼻息を荒くさせた。

「干拓の普請は難工事で、大勢の人手が要りようなのでございます。それでこのように無体な手口で、人を集めているのでございます」

「ううむ。許しがたいな」

江戸者の新三郎ですらそう感じるのだ。土地の者にとっては堪えがたい怨みと憎しみに相違ない。

漁師の一人が「畜生ッ」と叫んだ。

「勝手なことを抜かすんじゃねぇッ」

銛《もり》を手にして振りかぶると、ひょっとこ男に殴り掛かろうとした。一揆で暴れたばかりなので気が立っていたのだ。

ひょっとこ男が慌てて逃げる。代わりに浪人が踏み出してきた。腰の刀を一閃させた。

ビュッと、風切り音とともに切っ先が斜め上を向く。血が飛び散った。

「ぎゃあ！」

両腕を輪切りにされた漁師が絶叫した。手のなくなった腕を見て驚愕《きょうがく》している。一瞬遅れて大量の血が噴き出した。

「腕がああッ」

漁師は地べたに転がって悶絶《もんぜつ》した。村人たちが一斉に息をのみ、悲鳴を上げた。

（なんと非道な！）

新三郎は憤激する。腰の刀に手を伸ばした。そしてそこに刀がないことを思い出した。

腕を斬られた漁師が苦しんでいる。浪人者は冷たい目で漁師を見下ろした。罪悪感などは微塵も感じていない顔つきだ。

ひょっとこ男もさすがに顔色がない。

「田中先生、な、なんてぇことをしなすったんですかえ」

浪人は懐紙で刀身を拭うと納刀した。

「お前は公儀の御用で来たのだぞ。そのお前に襲いかかったのだ。一揆の一味と見て間違いあるまい。よって成敗した」

無茶が過ぎる、と、ひょっとこ男も思ったであろう。だがここで浪人に逆らうのは恐ろしい。自分まで斬られてしまいそうだ。

漁師たちは一瞬にして絶望した。抗うことはできないと悟り、立ち尽くしている。

両腕を斬られた男だけが、血を噴きながら呻いている。

(助かるまい)

と、新三郎は見た。こんな村に金瘡医《きんそうい》などいるはずもなく、仮にいたとしても助けることは難しい。血を失って、いずれ死ぬ。

「とにかく逃げよう。どこかに逃げ場はないか」

九兵衛に質す。今の新三郎には体力がないし、刀もない。

「村の裏手に桟橋が……。舟が繋いであるはずです」

「また舟か」

昨夜の落水を思い出して、危うく噎せそうになった。

「浪人や渡世人は舟を扱うことができませぬ。舟ならば逃げきることがかないましょう」

「うむ。それしか手はなさそうだ」

新三郎と九兵衛は身を低くすると、窪地や草むらの陰に沿って進んだ。船着場にはヤクザ者が二人、竹槍を手にして見張りをしていた。

「拙者が倒す。ここに隠れていよ」

いまだ手足に力が入らないけれども、相手の立ち姿は隙だらけだ。新三郎は擂粉木棒を握り締めると、素早くヤクザ者二人に忍び寄った。

ヤクザ者の一人が気づいて「あっ」と声をあげた。もう一人は、

「なんだよ?」

と、相棒に顔を向けた。新三郎に対しては油断だらけの背を向けている。

新三郎はその後頭部に一撃を食らわせた。呻く男を足蹴にして踏み越えて、も

う一人に躍りかかった。

「くそっ」

ヤクザは竹槍を構えたが所詮は素人芸。新三郎の素早い動きについてゆけない。新三郎はヤクザの間合いに飛び込むと、擂粉木棒の先端で相手の喉仏を突いた。

ヤクザ者は真後ろに吹っ飛んで倒れた。喉を押えてもがいていたが息がつけない。すぐに白眼を剝いて気を失った。

「よし、いいぞ。出てこい」

九兵衛に促すと、九兵衛は顔面も蒼白に立ち上がった。

「なんと恐ろしい手際……。江戸のお侍様は、皆、あなた様のようにお強いのでございますか？」

「お喋りをしている暇などない。舟を漕ぐことができようか。江戸の侍は舟を扱えぬ」

「お、お任せください」

九兵衛は乙名であり、農村の支配階層ではあるが、舟ぐらいは自分で漕ぐことができるようだ。

この地方はいたるところが湿原である。大雨が降ればすべてが泥の海となる。

舟を扱えねば生きてゆけない。

　九兵衛は桟橋に下りて舫綱を解き始めた。新三郎はヤクザ者の腰から長脇差を鞘ごと抜いて、自分の腰に差し直した。ヤクザの駄刀で頼りないが、無腰でいるよりはましである。

　と、その時。

「待てィ!」

　大音声とともに凄まじい殺気が迫ってきた。浪人が走ってくる。

　新三郎は視界の端で何かを捉えた。咄嗟に刀を抜く。刀身に何かが当たって音を立てた。

　刀で打ち払われたそれが地面に突き刺さる。小柄《こづか》であった。

　浪人は手裏剣のように小柄を投げたのだ。そして猛然と走ってくる。

(こちらの気配を覚《さと》られたか……!)

　いちばん気づかれたくない相手に気づかれてしまった。

(やはり油断のならぬ相手!)

　新三郎は刀をいったん鞘に戻した。抜刀居合術で応戦する。だがしかし、刀は腰の伸びた(刀身が歪んでいる)駄刀で、帯の代わりは荒縄だ。腰がまったく据わらない。

「九兵衛、舟を出すのだ。拙者はここで切り防ぐ」

「は、はいッ」

九兵衛が慌ただしく舟の用意をする。その音を背中で聞きつつ、剣客浪人を睨みつける。

駆けつけてきた剣客浪人は、新三郎の間合いの寸前で足を止めた。

「その構え、居合か。貴様、百姓ではないな」

そう言ってから、刀を抜いて青眼に構えた。

「何者でもかまわぬ。斬って捨てるまでだ！」

大声で気合を放って両肩に力を籠めた。気迫によって全身が膨れ上がったように見えた。

新三郎は体力が戻っていない。だが、ここで気押されたならば斬られてしまう。足元に力を籠めて踏ん張った。

浪人が「むむっ」と唸る。殺気を圧し返されたことが意外だったのだ。

新三郎と浪人は気と気で圧しあい、せめぎあう。互いの隙を探ってジリジリと立ち位置を踏み変えた。

この緊張は、半病人の新三郎の身には堪えた。喉の奥から泥水が込み上げてきてきて、新三郎は噎せた。

瞬間、浪人の殺気が炸裂した。

「キエーッ!」

一足飛びに踏み込んできて刀を振り下ろす。新三郎は一瞬遅れて抜刀した。二本の刀が激突し、ギィンッと鋭い音を立てた。

抜き合わせることができたのは日頃の鍛錬の賜物だ。だが、刀はポッキリと折れた。所詮はヤクザの駄刀であった。

「お侍様ッ」

舟の上で九兵衛が叫ぶ。舟が桟橋を離れた。

新三郎は折れた刀を浪人目掛けて投げつけた。浪人が打ち払う隙をついて身を翻すと、桟橋を走って舟に飛び移った。

「棹を貸せッ」

九兵衛の手から棹を奪い取ると、先端を浪人に向けて構えた。追ってこようとした浪人が足を止めた。舟に向かって跳べば宙で打たれる。

九兵衛は櫂を握って必死に漕ぐ。舟は川の本流に乗った。みるみるうちに桟橋から遠ざかる。浪人が口惜しそうにしているのが見えた。

「恐ろしい目に遭いました。死ぬかと思いました」

「それはこっちの台詞だ」

新三郎は激しく咳き込んだ。

（さて、どうするべきか）

九兵衛の様子を窺う。

この船上で襲いかかって縛りつけてしまうべきか。ちょうどいい具合に腰には荒縄を巻いている。

しかしである。勘太夫一家のやり口を目の当たりにした今となっては、百姓や漁師が一揆を起こす気持ちもわかる。

九兵衛は義民だと知れた。義民を捕縛することは人の道に反している。

闇稼業の追い首としての務めと、武士としての義侠心がせめぎ合う。

「……ところで先ほど、あと四日で自訴すると申しておったが、なにゆえ四日後なのだ」

「それはでございます」

そう言いかけて九兵衛は、なにを見つけたのか「あっ」と叫んだ。

「一揆の衆にございます！　村の危急を知って、駆けつけて来たのでございましょう！」

川面に何艘もの舟が浮かんでいる。竹槍を掲げた男たちが大勢乗り込んでいた。

「いかん。舟を岸につけてくれ」

「なにゆえでございます？　味方ですぞ」

「お前にとっては味方に相違あるまいが、拙者にとっては、そうではない。拙者はお前を捕まえに来たのだぞ。そうと知れたら、一揆の者たちの手で嬲《なぶ》り殺しにされる」

「なるほど左様でございますな。ならば舟はあの岸に着けまする」

一揆が助けに来たことで、九兵衛を攫うことができなくなった。舳先が岸につくと同時に新三郎は舟から下りた。

「拙者とそなたはいかなる宿縁であることか、互いに命を助け、助けられた。だが拙者は、お前を捕まえることを諦めたわけではない」

「捕まえられずとも、必ずこちらから出向きまする」

新三郎は噎せながらその場を走って逃げた。

第五章　泥沼の闘い

一

炎天下、休むことも許されずに、人足たちは働き続ける。

鍬を泥水の中に打ち込む。その泥は腐敗した葦の茎や根だ。まだ土になりきっていない。繊維が鍬や鋤《すき》に絡みつく。力任せに叩き切り、あるいは引きちぎってかき上げ、畚にのせる。

足元は定まらない。泥はどこまでも深い。鍬を振るうために踏みしめると、踏みしめたぶんだけ沈んでいく。ひとつ泥をかき上げるたびに足を引き抜いて、多少はましな足場を探さなければならない。疲労はつのる一方で、作業はまったくはかどらない。

真夏の日差しは容赦なく照りつけてくる。泥水も湯のように暑い。

江戸の町では町人たちは、夏場の日中は寝て過ごす。朝と夕方の涼しい時間しか働かない。木陰に寝ころぶ車引きや棒手振りや馬丁の姿を良く見かけた。

だがここは広大な湿地の只中だ。木陰をつくる木が生えていない。身を横たえようものなら溺れてしまう。

しかも、勘太夫一家の子分たちが見張りをしていて、休むことを許さない。

「やいっ、怠けるんじゃやねぇ！」

鞭を手にしてやって来ては、誰彼かまわず打ちつけていく。

体力のない者から順に倒れていく。倒れた仲間を助ける者はいない。折檻をくらうことになるからだ。

身の丈六尺の大男が鍬を振るっている。破れた菅笠と野良着一枚の姿だ。

「まったくもって酷いものだな」

ボソリと呟くと、一家の子分が鋭い目を向けてきた。

「なんか言ったか？」

だが眼光鋭く睨み返されて、慌ててそっぽを向いた。

大男は無言で鍬を振るい続けた。

大男の正体は、矢倉屋の追い首、大黒主水である。

（沖宿の乙名、九兵衛は、姿を現わすであろうか……）

九兵衛の目的は印旛沼の干拓の妨害であると知れた。築かれた堤を崩し、排水路を埋めて、干拓地を元の沼地に戻すつもりだ。

一揆の衆を率いて、必ずここに攻め寄せてくる。

そう考えて大黒は人足に加わったのだ。九兵衛が現われたならば急襲し、攫って逃げるつもりでいた。

幸いなことに大黒の顔は勘太夫一家に知られていない。新三郎と利吉が一家の詮索を受けた時に、大黒は離れて隠れていた。茶店の主人が言っていた通りに、浪人者でもすんなりと雇ってもらえた。

そして大黒は、普請場の悲惨な実態を知った。

（一揆が起こるのも無理はない）

労働はきつい。飯も休息もろくに与えてもらえない。

人足の一人が「水をくれ」と頼むと「水ならそこらじゅうにあるだろう。泥水を啜《すす》りやがれ」などと憎体《にくてい》に言い返される。まったく人扱いをされないのだ。

そもそもの話、この地を干拓することなどできるのであろうか。水路を掘って排水すると言うが、泥に溝を掘っても次の日までに埋まっている。周囲の泥が流れ込んでくるからだ。

働かされる者たちも、自分の仕事に甲斐があると感じるならば、報われる。労働にも精を出すだろう。しかしこの地の普請は無駄なのだ。

(公儀の顔を立てるためにやっておるのに過ぎぬ)

八代将軍吉宗の発案で始まり、老中、田沼意次が進めてきた事業だ。公儀とすれば「失敗でした」と認めることができない。

徳川の御世が続く限り、無意味な普請が続けられる。人々は重い課税と労役に苦しむことになる。

人足たちはバタバタと倒れていく。補充者は近隣の村からすぐさま連れてこられる。

「やいッ、もっときびきびと歩きやがれッ」

怒鳴り声が聞こえてきた。縄で数珠《じゅず》つなぎに縛られた百姓と漁師たちがやって来る。鞭を手にしたヤクザ者たちが手当たり次第にひっ叩《ぱた》いていた。

「借金を返すまで働いてもらうぜッ。五人組の連中も同罪だ!」

無法な振舞いだ。だが役人は何も言わない。普請奉行所が黙認しているからだ。

ヤクザ者の手を借りなければ人手が集まらない。

それをいいことに勘太夫一家はやりたい放題であった。

「畜生……、今に見ていろ……」

人足の一人が悔し涙に暮れる。別の人足は絶望の涙だ。

「このままじゃあオイラたち、殺されちまうべ……」

大黒主水は鍬を振り下ろす。

九兵衛を攫うために潜り込んだ普請場だが、この惨状を目の当たりにして、激しい怒りが腹中に膨れ上がり始めていた。


もう間もなく日が暮れる。霞ヶ浦の水面は茜色《あかねいろ》に染まっていた。

素走ノ佐太郎は首筋にたかった蚊を平手で叩き潰した。

湿原の中にポツンと建つ社。名も知らぬ村の鎮守だ。拝殿の階《きざはし》に素走ノ佐太郎と利吉が座っている。

「白光の旦那は、溺れ死んで海に流されてったんじゃねぇのかい」

佐太郎が言った。

「いつまでも待っていたって仕方がねぇや。あっしらだけで九兵衛を攫う算段をつけようや」

利吉は「いいや」と首を横に振る。

「白光の旦那は、きっと生きてる」

「なんで、そう言い切れるんだい」

佐太郎はため息をついて、不貞腐れた様子で横を向いた。

追い首の二人と走り衆は〝はぐれたならばこの神社で落ち合う〟という段取りをつけていた。だから利吉と佐太郎は新三郎を待っている。

利吉が突然に立ち上がった。

「ほら見ろ、来たぜ」

「えっ、どこに」

「歩いてくるじゃねぇか」

新三郎は丈の合わない着物を着て、荒縄を帯の代わりにしている。刀も差していない。酷い姿だ。佐太郎が新三郎だと気がつかなかったのも無理はない。

「物乞いだって、もうちっとマシな姿をしているぜ」

佐太郎は呟いた。

新三郎たちは拝殿の戸を開けて中に入った。埃《ほこり》っぽい床板に座り、額を寄せ合って密談する。

新三郎は、自分が見聞きしたことを語って聞かせた。

利吉は首を傾げている。

「……九兵衛の野郎は手前のほうから名乗り出ると言ったんですかい」

陽が没した。拝殿の中は真っ暗だ。灯火も蠟燭もない。互いの姿は真っ黒な影だ。

「あの様子から察するに嘘ではあるまい。九兵衛はなかなかの人物だ。牢破りをしたのにも、深い子細があってのことと思われた」

「どんな子細があってもかまいやしませんがね。こっちはひっ捕まえて江戸に連れて帰りゃあいいんだ」

利吉は腕組みをして考え込んだ。

「この地で九兵衛に名乗り出られたら、まずいことになりますぜ。捕まえるのは普請奉行所の役人だ。オイラたちの雇い主は関東郡代役所だ」

関東郡代が取り逃がした罪人を、普請奉行所が捕らえることになれば、関東郡代の面目が丸潰れとなってしまうのである。

「それは拙者も考えた。我らの手で急いで捕まえねばならぬ」

「さいです」

「雇い主への義理だけが理由で言っているのではないぞ」

「他の理由は、なんですかね」

「九兵衛は一揆を唆《そそのか》して印旛沼干拓地の堤を崩すと言っていた。そんなことをされてしまっては、有徳院《ゆうとくいん》様（八代将軍吉宗）以来の普請がすべて無駄になる」

幕府と徳川家の面目が潰れる。白光家は旗本だ。徳川家の面目を守らねばならない。

新三郎は真っ暗な天井を睨んだ。

「だが、九兵衛を守っておるのは百々木殿だ。それだけではない。勘太夫一家も凄腕の浪人を雇っている」

百々木弥一郎と、謎の浪人の恐ろしさをかい摘んで伝えた。

「そんなら、尚のこと、旦那の腕が要りようにござんすぜ」

新三郎は腰の辺りを頼りなさそうにさすった。

「刀を手に入れなければならん。だが、この近在に、刀屋などあるのだろうか」

見渡す限りの湖沼と湿原だ。

「土浦か志筑の御城下まで行けば、刀屋ぐれぇはあるでしょう」

大名家の城下町に刀屋がないはずがない。

「相手は強敵だ。しっかりと鍛えられた刀を求めねばならぬ」

そこまで喋ってから新三郎は「あっ……」と絶句した。

「どうしやした」

「刀の代金は、拙者が出すのか、それとも矢倉屋殿が払ってくれるのか」

利吉も「えー」と言ったきり黙り込む。

佐太郎が闇の中でしらけたような口調で、

「銭がねぇのなら、あっしが盗んできましょうかい？」

と言った。


「九兵衛を見つけただと！　して、捕らえたのかッ」

印旛沼干拓の普請場。陣屋の建物で普請方改役の武士が叫んだ。

彼は一段高い床の上に座っている。眼下の三和土で勘太夫が両膝を揃えていた。

蠟燭の炎が揺れている。近くの飯場から怒鳴り声が聞こえてきた。村から攫ってきた百姓や漁師たちを一家のヤクザがいたぶっているのだ。徹底的に痛めつけて逆らうことができないようにしようという、ヤクザに特有のやり口であった。

そんな喧騒は、改役と勘太夫の耳には入らない。二人の関心事は九兵衛の行方のみに絞られている。

「面目ねぇ」

勘太夫が言った。

「うちの子分と田中先生が捕らえようとしたんでやすが、すんでのところで邪魔が入りやしたんで」

「邪魔とは」

「汚ぇ姿の若侍だった、ってぇ話でござんす。九兵衛を守って逃がしたんでござんす」

「若い侍だと？　九兵衛め、いったい何人の浪人を雇っておるのか！」

「百姓どもは、どうでも一揆を続ける魂胆ですぜ。どうあっても堤を突き崩し、水路を埋めて、開墾地を元の沼地に戻す気だ」

勘太夫は鼻の穴を大きく広げた。

「こうなったら、一揆の奴らを血祭りにあげるしかねぇですぜ」

「待て。それは困る」

改役は顔色を悪くした。

一揆が発生した責任は、この改役に負わされる。今はまだ、江戸の柳営《りゅうえい》に対して〝何事も起こっていない〟ように誤魔化すことができているが、ヤクザと一揆の殺し合いとなれば事件が詳《つまび》らかに伝わってしまう。将軍や老中が激怒すれば普請方改役など、その日のうちに切腹なのだ。

「なんとかして九兵衛を捕まえる手立てはないのかッ。奴をおびき出す方策はないかッ」

勘太夫は、ちょっと思案して、

「ねぇことも、ござんせんぜ」

と答えた。改役は身を乗り出した。

「どのような策だ。申せ」

「あっしらが人足として集めてきた百姓や漁師を人質に取るんでさぁ」

先ほどからずっと、百姓と漁師の衆を痛めつける声が聞こえている。改役も聞き流していたのだが、

「あの者たちのことか？」

今更ながら気づいた顔つきで質した。

「左様にござんす。堤の上に磔柱《はりつけばしら》を立てて奴らを縛りつけやす。堤を崩そうとしたならば人質も死んじまう。一揆の連中はみんな百姓と漁師だ。地縁血縁ってもんで繋がってる。見殺しにして堤を崩せるもんじゃあござんせん」

なんと非道な——とは、改役は言わなかった。保身で頭がいっぱいだったのだ。

「良策なり！」

「そうでげしょう」

勘太夫は得意気に鼻の穴を膨らませた。それからニヤリと笑って続けた。

「見せしめとして一人ずつ殺していくってのも面白いですぜ。九兵衛に向かって『さっさと出てこなけりゃあ、もっと殺すぞ』って言って脅すんでござんす」

「九兵衛は出て参るであろうか」

「九兵衛が渋ろうとも、百姓や漁師が辛抱できねぇはずだ。九兵衛に縄をかけて突き出そうとする者が必ず出てきやす。銭で釣るっていう手もありやす。改役様が『褒美を出す』と言えば、喜んで従う野郎もいることでしょうぜ」

「なるほど。さもありなん」

「お許しをいただけるのなら早速にでも、村から引っ張ってきた連中を磔にしやすぜ」

「よし、許す」

「合点承知いたしやした」

「村々に『九兵衛を突き出した者には褒美をとらす』と触れて回るのも忘れるなよ」

「抜かりはござんせん。任せといておくんなせぇ」

勘太夫は不気味な笑みを浮かべながら低頭した。

二

翌朝。素走ノ佐太郎は悲鳴を耳にして目を覚ました。

葦に囲まれた沼地の中の、わずかに乾いた地面の上で莚をかぶって寝ていた。一人で堤を見張っていたのだ。九兵衛が姿を現わすならばここしかない、と考えたからである。

ムクリと起きて首を伸ばすと印旛沼の堤が見えた。そして予想外の騒ぎを目の当たりにした。

堤の上に磔柱が打ち込まれている。百姓や漁師たちが両手両足を大の字に縛りつけられていた。「やめてくれぇ」「勘弁してくれぇ」という叫び声が聞こえてきた。

佐太郎は呆気にとられ、次に首を傾げた。

「いってぇなにをしていやがるんだ。罪人の磔刑か」

柱は二十本も立てられて、二十人の男が磔にされた。ジャーン、ジャーンと半鐘がしつこく打ち鳴らされる。近在の人々の注意を惹くためであろう。

勘太夫のだみ声が、朝霧の向こうから風に乗って聞こえてきた。

「百姓ども、よっく見やがれッ。一揆に与する者どもは、こうやってみんな磔にされるんでぃ！　槍でブッスリと突き刺して、じっくりと嬲り殺した上に、首を刎ねて獄門台に並べてやらぁ！　覚悟しやがれッ」

事情を知らぬ佐太郎は（一揆の者たちが処刑されるのだ）と理解した。勘太夫のだみ声は続く。

「だが、お上にもお慈悲はあらぁ！　俺たちの言うことを聞くってのなら、罪を免じて解き放ってくれるぞ。やいっ九兵衛ッ」

勘太夫の声が一際大きく張り上げられる。

「おとなしく出てきやがれッ。お前が出てくるのなら、こいつらは解き放つ。出てこねぇってのなら、一人ずつ嬲り殺しにしてやらぁ！　とっくりと思案しやがれッ」

「そういうことか……」

佐太郎は勘太夫の思惑を理解した。一揆の衆も理解できたはずだ。

「酷ぇことをしやがるなぁ」

しかしである。九兵衛を捕らえるための手段としては有効だ。非道だからこそ効き目がある。九兵衛の高潔な人柄については、新三郎から聞かされている。九兵衛がこの脅しを黙過できるとは思えなかった。

「九兵衛に出てこられちまったら、困るぜ」

関東郡代役所から請けた仕事が失敗する。

「なんてぇこったい。俺たちゃあ、百姓一揆の衆を助けなくちゃならねぇってことかよ」

成り行きでどんどん大きな話に巻き込まれていく。

川の中州に漁師の網小屋が建っていた。舟を使わなければ近づけない。九兵衛は隠れ場所を転々として、今はその小屋の中に潜んでいた。

暑い。小屋の中の男たちは皆、大粒の汗を滴らせている。

「村の者が磔にされている……？」

九兵衛は目を剝いた。拷問でできた顔の腫れは引いている。端正な面差しに戻りつつある。しかし今は驚きと怒りで容貌を歪めさせていた。

九兵衛の周囲には一揆に与する者たちが十人ばかり集まっていた。百姓の一人が膝を進めて詰め寄った。

「勘太夫一家に攫われちまった連中が磔にされとるだ！　乙名さんが出てこなければ、順番に殺すって息巻いとるだ！」

「わたしに対する脅しか」

百姓たちは脅えている。

「オラの親類がいるだ……」

「オラの娘婿も磔にされとる！　乙名さんッ、どうすりゃええんだ」

口々に嘆く。百姓の一人が顔を歪める。

「村には高札が立てられただ。乙名さんの隠れ場所を告げ口すれば、一揆に与した罪は許されて、褒美の銭を出すっちゅうて、書かれとっただ」

百姓と漁師たちは顔を見合わせた。

「こっそり告げ口しようってぇ不心得者も、きっと出《い》でくるだぞ」

誰が裏切るかわからない――などと疑心暗鬼に陥れば、一揆の結束は崩壊する。

九兵衛は思案した。百姓たちは固唾を飲んで九兵衛の言葉を待った。

九兵衛は目を上げて口を開いた。

「だが、堤だけは崩さねばならんぞ。さもなくば、この地はお終《しま》いだ」

百姓たちは皆で「ううむ」と唸った。一人が九兵衛に質した。

「堤の上で磔になっとる者《もん》たちも一緒に、堤を崩すと言われるだか」

九兵衛も（ほとほと困惑しきった）という顔をした。

「やはりわたしが訴え出るしかなさそうだ。作事場に赴いて、事の子細をお役人様に説く」

「やめときなせぇ！」

百姓の一人がとめた。

「お役人に話を聞く気があるんなら、乙名さんが江戸に直訴した時に聞いてるべぇよ。乙名さんを牢屋敷にぶち込んだりはしねぇべ！」

「んだなぁ」と、皆で頷いて、ますます暗い顔つきとなった。

板戸が開いて百々木弥一郎が入ってきた。皆が一斉に顔を向けた。

九兵衛は不思議そうな表情で百々木を見上げた。

「まだこの地にいらしたのですか。あなた様がた飯綱屋さんにお願いしたのは、わたしをこの地まで逃がしてくれること。もうお役は済んだはずですが？」

百々木は首を横に振った。

「追い首とか申す者どもがお前を捕まえにやって来た。追い首を追い払うまでは、わしの仕事は終わっておらぬ」

「お志はありがたく存じますが、もはやわたし一人を〝逃げる〟〝捕まえる〟という話ではなくなっております」

「立ち聞きですまんが、今の話は聞かせてもらった。事情はわかった。乗りかかった舟だ。自訴をするまでお前の身を守ってやろう」

「なにゆえそこまでのご厚意を？」

「わしの人生には甲斐がない。死ぬまでの暇つぶしをしておるのに過ぎぬ。だが、お前たちは決死の覚悟で生きておる。この覚悟にな、自堕落だったわしの魂が揺さぶられたのだ」

そう言ってから、面はゆそうに笑った。

「わしの酔狂だ。お前たちに断られようとも、勝手にやらせてもらうぞ」

百姓や漁師たちは「ありがてぇ」と言って頭を下げた。

九兵衛は百々木を見つめた。

「あなた様は、銭で闇の仕事を請け負う御方。ならば更《あらた》めて銭をお払いいたしましょう」

百姓や漁師たちは、

「んだな。オラたちも払うべぇ」

と言い交わして、懐から鐚銭《びたせん》を出すと莚の上に並べ始めた。百々木は頷いた。

「銭で雇わぬことには、浪人を信用できぬと申すのであれば、それもよいな。皆に喜んで雇われようぞ」

百々木は銭を集めて懐に入れた。そして言った。

「お前たちの仲間を助ける方策はひとつしかない。堤を襲い、縛られた者たちを解き放つのだ」

「しかし」と言ったのは九兵衛だ。

「上手く事が運びましょうか」

「無論のこと命懸けだ。敵方は公儀の武士。さらにはヤクザ者もいる。浪人の用心棒もいる。だが、こちらにも利はあるぞ。堤の上は足場が悪い。通れる道は堤の頂きを延びる一本道だけだ。わしがその一本道に立ちふさがり、ヤクザ者や用心棒を切り防ぐ。その間にお前たちが仲間を助けるのだ」

「あなた様は生きて戻れませぬぞ」

「そうであろうな……否、このわしを斬ることのできる者が、こんな田舎におるものか。わしを見くびるでない」

百々木は豪傑のように高笑いした。一揆の者たちは心強く思ったのだろう、

「妙案かもしれねぇ」

「他に打つ手はなさそうだべ」

などと言い交わした。

百姓の一人が身を乗り出した。

「そんなら、ついでに堤を崩しちまうのがええだ！　川の水が溢れ出りゃあ、ヤクザ者たちは大慌てでだ。辺り一面の水浸し。オラたちは舟を用意しといて、乗って逃げりゃあええ」

「ええ考えだ！」

一揆の者たちが賛同した。

「ならば行こう」

百々木は刀を摑んで立ち上がった。

「刻限が過ぎれば人質を一人ずつ殺すと申しておるのであろう。急がねば、まさに命取りとなる」

「んだ。行くべえ！」

一揆の者たちが立ち上がる。

「村のみんなに報せるだ。乙名さん、半鐘を鳴らしてもええだな？」

最後に九兵衛が同意した。

「わかりました。やりましょう」

一揆の者たちは「おう！」と拳を突き上げた。

三

「そのお刀は、この仕事が終わったら矢倉屋の元締めに渡す——ってことでお願えしやすぜ」

利吉がクドクドと新三郎に念を押す。二人は野中の道を歩いている。

新三郎は土浦の城下町で着物と刀を買い求めた。戦う相手は百々木か、あるいは謎の浪人か。それともヤクザ者の大勢か。どれをとっても強敵である。刀はよく鍛えられた業物《わざもの》でなければならず、当然に値が高くついた。

刀屋は知らぬ顔の相手に刀を売ることを渋ったが、道中手形を見せて徳川の旗本の弟だと示すと急に愛想が良くなった。しかしそれでも、武士が刀を失くすというのは不面目である。当然に訝しげな目を向けられた。すかさず利吉が機転を利かせて、

「うちの旦那は無類の博打好きで、街道筋の賭場で大負けに負けて、刀も着物も巻き上げられちまったんでさぁ」

などと言うと、よくある話であったのか、納得した。

利吉は矢倉屋から預かった為替を小判に換えて支払いをしたが、その刀を新三郎にただでやるとは言わない。

「お前も吝《しわ》いなぁ」

「このご時世ですからね。誰だってケチになるってもんです」

などと言い交わしながら歩いていると、向こうから砂塵を巻き上げて佐太郎が突っ走ってきた。

「やっぱり旦那だ。それに利吉の兄貴」

利吉は首を傾げる。

「そんなに慌ててどうしたんだ。何があった」

佐太郎は磔柱の一件を告げた。

「それを知った九兵衛は一揆の衆を呼び集めてる。大勢で堤を襲うつもりだ！」

「どうしやす、旦那」

新三郎も咄嗟には思案が纏まらない。

「拙者はこう見えても徳川の武士だ。一揆は、鎮めねばならぬ……。それに」

「それに？　なんです」

「関東郡代に雇われた追い首として言わせてもらえば、九兵衛が討ち取られる、あるいは捕縛されるのはまずい」

「まったくだ。どうすりゃいいんでしょう」

「ともあれ急いで駆けつけよう。舟を使うのが早いのか？」

佐太郎が首を横に振った。

「その思案はよろしくねぇです。このあたりの船頭たちはみんな、一揆に加担しているると考えなくちゃならねぇ。旦那がお旗本様のご舎弟と知れたら水に沈められますぜ」

「ならば馬か。宿場に馬がいるだろう」

利吉が慌てた。

「盗むんですかい。馬泥棒は重罪ですぜ。磔だ」

「馬鹿を言え。わしは旗本の家の子だぞ。手形もある。宿場問屋に乗り込んで堂々と借りる。一揆を鎮めるために江戸から来た役人だと嘘をつく。お前たちもそのつもりで話を合わせろ」

「なるほど、合点だ」

三人は近くの宿場——水戸街道の中村宿に走った。


その日の夕刻、一揆の者たちの大勢が常陸川の対岸に集まり始めた。無数の松明が闇の中で揺れている。

「来やがったな」

勘太夫は不敵な笑みを浮かべた。一家の子分たちも集まっている。勘太夫は叫んだ。

「いいか良く聞けッ。あの一揆の百姓どもの中に九兵衛がいるッ。俺たちの手でとっ捕まえてくれるぜ。大手柄を立てて、お上の役人に気に入ってもらわなくちゃならねぇんだからな！」

勘太夫の一家は街道筋の大親分たちから破門を言い渡されて縄張りを失った。役人の子飼いとなるしか生きてゆく道がない。

この一戦、一家にとっても生存を賭けた戦いなのだ。

鼬ノ伊三郎が「へへっ」と嗜虐的な笑みを浮かべた。九兵衛と飯綱屋を繋いだこの小悪党は、すっかり勘太夫の子分になりきっている。

「磔柱の百姓を、ひとりふたり、刺し殺してやったらどうですかね？　見せしめだ。百姓どもめ、きっと震え上がるに違ぇねぇですぜ」

「面白ぇな。景気づけに一丁やるか」

勘太夫が笑み崩れた。そして何本も並んだ磔柱に目を向けて、

「あのジジイにしろ。あいつが最初の生贄《いけにえ》だ！」

一人の老人を指差した。

一家の者ども凶暴である。「へいっ」と答えて殺到し、腰の長脇差を抜いた。

磔柱の老人が泣き叫んだ。

「やめてくれぇっ。堪忍してくろッ」

「うるせえッ」

子分の一人が刀身を振り上げたその時、堤の上を一騎の馬が駆けてきた。陣笠の武士が跨がっていた。

勘太夫が慌てる。

「改役様だッ。野郎ども、刀を仕舞え！　土下座しろッ」

普請奉行所の改役がやって来たのだ。ヤクザ者たちは慌てて長脇差を鞘に戻す。皆で一斉に土下座した。

改役は手綱を引いて馬をとめる。そして叫んだ。

「勘太夫ッ。お前の言う通りにしたら一揆が押し寄せて参ったぞ！　なんとするのだッ」

ますます大規模になった一揆に度を失っている。

「この有り様が江戸に知れたら、このわしは……」

「ご心配《しんぺ》ぇにゃあ及びやせんぜ」

勘太夫はスックと立つと胸を張った。

「このあっしが一揆の百姓を蹴散らして、九兵衛を討ち取ってご覧にいれまさぁ。あっしはヤクザだ。これはヤクザと百姓の喧嘩ですぜ。あっしらが勝手にやっているだけだ。改役様には関わりがねぇ話でござんす。改役様は、上役様にそうお伝えくださりゃあいいんですぜ」

「その言い訳が通ったならば、今度は『お前たちを捕縛するように』と命が届くぞ」

「そうしたら『捕らえる』とお返事をなさって、こっそりとあっしらを匿ってくれりゃあいいんですぜ」

「むむ」

「改役様は見て見ぬふりをしてくれりゃあいいんでさぁ。あっしらに任せておいておくんなせぇ」

「き、きっと、九兵衛を捕らえるのだぞ！　約定だぞ！」

「心得ておりまさぁ。大船に乗ったつもりでいてやっておくんなせぇ」

対岸から大きな喚声が聞こえてきた。子分の一人が指差した。

「一揆が押し寄せて来やしたぜ親分！」

松明の群れが動き始めた。勘太夫は「ようし」と大きく頷いた。

「俺たちゃあ堤の上に陣取るぜッ。百姓どもが川を渡って堤に上ってきたところを、逆落としに斬り込んでやる！」

相手が大勢であろうとも、ヤクザは喧嘩の玄人だ。地の利を占めれば負けることはない。ヤクザ者たちは「おうっ」と吼えた。

四

一揆の者たちは漁師の操る舟に分乗して川を押し渡っていく。

先頭を行く舟の舳先には百々木弥一郎の姿があった。汗止めの鉢巻きを額につけ、袖は襷《たすき》で絞っている。袴の裾は高く股立を取っていた。

「ヤクザ者たちはわしが一手に引き受ける。お前たちは仲間を救い出すことに専念いたせ」

一揆の者たちは決死の顔つきで頷いた。手には鎌を握っている。この鎌で磔柱の縄を切ろうという算段であった。

他にも、鍬を手にした百姓たちが大勢いた。この者たちは堤を掘り崩す手筈となっていた。

漁師たちが「そうれ、そうれ」と声を揃えて櫂を漕ぐ。舟は勢い良く進んでいく。

堤の上には篝火が焚かれていた。磔柱の群れを明るく照らしだしている。

「酷ぇことしやがるだ！」

一揆の一人が憤って叫んだ。誰もが同じ思いであった。

川を突き進んだ舟は対岸に達し、舳先から堤にドンと乗り上げる。一揆の衆は舟から飛び下りると、雄叫びをあげて土手を駆け上り始めた。

堤の上にヤクザ者たちが姿を現わした。半弓を手にしている。引き絞って矢を射かけてきた。

一揆の百姓に矢が刺さる。百姓は悲鳴を上げた。

「臆するなッ」

百々木は励ます。

「ヤクザ者の矢など、楊弓《ようきゅう》にすぎぬッ」

楊弓という遊びがある。矢を的に当てると景品や銭をもらえる。玩具《おもちゃ》の弓矢だ。武士や猟師が使う矢からみれば威力は大いに劣る。

「河原の石を投げ返せッ」

百々木の指図で一揆の衆は足元の石を拾って投げつけ始めた。今度は堤の上で悲鳴があがった。ヤクザ者たちに当たったのだ。

敵が怯んだ隙をついて百々木は一気に土手を上った。

堤の頂きには松明が並べられている。闇の中を進んできた百々木の目には眩しすぎるほどに明るい。敵の姿がはっきり見えた。

「来やがったぞッ。九兵衛の用心棒だァ！」

ヤクザ者たちが錆槍や竹槍を構えて駆けつける。百々木を取り囲んだ。

百々木は槍を突きつけられても臆せずに進む。ヤクザ者たちの槍の構えは自己流だ。右足を前にして構える者までいた。武芸者である百々木に敵うものではない。

「タアッ！」

百々木は刀を一閃させる。突きつけられた槍の千段巻を叩き切った。槍の穂先がポトリと落ちる。槍はただの棒となった。

「ひいっ」

ヤクザが目を丸くする。さらに百々木が踏み込むと、斬られたわけでもないのに尻餅をついた。

百々木は刀を振り回して威嚇する。大勢に取り囲まれている百々木であったが、敵を追い回しているのは百々木だ。ヤクザ者たちは百々木が迫ると悲鳴を上げて逃げまどった。

その隙に一揆の者たちが磔柱に駆け寄っていく。

「しっかりするだ、吾作《ごさく》どん！」

「今、助けてやるべぇ」

縄を切り、縛りつけられていた者たちを救い出す。

「勝手な真似は許さねぇぞ！」

ヤクザ者が長脇差を振りかざして迫る。百々木は「むっ」と唸るとすかさず走り寄って、間に入った。

「トオッ」

刀をひと振りする。ヤクザ者の拳を斬った。長脇差が地面に叩き落とされる。

指が何本も散らばった。

「ギャアッ！」

斬られた手から血が噴きあがる。

「手がッ……、オイラの手がぁ……」

百々木は「ふんッ」と鼻を鳴らした。

「もはや長脇差を握ることも、賽子博打の壺を振ることもできまいぞ」

普段の百々木であれば、峰打ちで骨を砕いていどの仕打ちで留《とど》めていたはずだが、この時ばかりは、ヤクザ者たちの手足の一、二本を切り落としてやるつもりでいた。百々木も激しく憤っていたのだ。

百々木が刀を振るうたびにヤクザ者たちの悲鳴が連続した。磔柱は次々と壊されて人質たちが解き放たれていく。

遠くの闇の中から勘太夫の叱責する声が聞こえる。

「どうした手前ェら！　臆病風に吹かれるんじゃねぇッ。かかれ、かかれッ」

声がするばかりで自分から陣頭に出てこようとはしない。

「あっ、先生！　ようやく来てくだすったんですかいッ。頼みやしたぜッ」

百々木は「ムッ？」と唸って振り返った。凄まじい殺気を感じたのだ。

闇の中から長身の浪人が踏み出てきた。目は細く、目尻がつり上がっていて、目を開けているのか閉じているのかもよくわからない。だが、殺意だけは肌を刺すほどに鋭く感じられた。

浪人剣客の田中壱兵衛である。もちろん百々木は相手の名を知らない。

田中も百々木の素性には関心がない。互いに名乗りを上げることもなく睨み合った。

百々木は青眼に構える。すると田中は脇構えに刀身を立てる構えで応じた。

百々木は（油断がならぬ）と感じた。

脇構えは道場での稽古では、弱い。身体に隙ができてしまう。だがここは道場の平らな床の上ではない。足元に何が落ちているかもわからない。屋外で間合いを隔てての斬合いならば、脇構えは強いのだ。

相手は実戦での斬り合いに慣れている。道場の稽古ではなく殺し合いで腕を磨いてきた男だと知れた。百々木の総身に緊張が走った。

その時、なにを取り乱したのか一揆の若い百姓が竹槍を前にして突っ込んでいった。

「この野郎ッ」

「やめろ！　お前の手に合う相手ではないッ」

百々木は叫んだ。が、すでに遅かった。田中が鋭く踏み出す。竹槍は難なくかわされ、若い者は無様に蹈鞴を踏んだ。田中の刀が振り下ろされる。

「ぎゃあああっ」

肩をザックリと斬られ、若者は悲鳴を上げた。

百々木も即座に斬りかかる。田中の刀は若者の身体に刺さっている。その隙を狙ったのだ。

だが、切っ先は田中に届かなかった。田中は素早く後退した。

かつての百々木であったなら、若者の身体ごと敵を串刺しにしたであろう。しかし百々木は一揆の若者を犠牲にすることを躊躇《ためら》った。かくして田中を仕留め損なった。

百々木は倒れた若者を避けるため足場を踏み替える。血の臭いが濃く立ち上っている。若者は助かるまい。

再び殺気を凝らして睨み合う。気と気で互いを圧しあった。

周囲では一揆の衆が磔柱を壊して倒し、そうはさせまいとヤクザ者たちが怒鳴り声を張り上げる。

剣客二人の間だけは静寂に包まれている。

殺気が張り裂けそうである。百々木の体毛がビリビリと震えた。

田中の総身から放たれる気は、炎のように激しく、氷のように冷たい。まさに妖気だ。彼と戦った多くの敵はこの妖気に呑まれてしまい、手も足も出せずに斬られていったのに違いない。

酷熱の夜。夜風も吹かない。汗が滴る。危うく目に入りそうになる。一方の田中は微動だにしない。

百々木は踏み出た。相手の気に圧倒されないためである。相手の殺気の只中に踏み出していく。真っ向勝負を挑んだ。

田中の眉が僅かに動いた。百々木の気迫に驚いたのだ。だがすぐに表情を隠す。再び気と気の圧しあいとなった。

「タアッ」

百々木が声を上げて牽制する。

田中は「応！」と答えてわずかに足場を踏み替える。二人とも間合いを詰めることができない。

その時であった。ダーンと大きな発砲音がした。

「百姓ども！　鉄砲玉をくらいやがれッ」

勘太夫の声だ。猟師の鉄砲を持ち出したらしい。

また発砲音がした。百々木を狙って撃って、外した。足元の土が弾けた。百々木の気が乱れた。

「ドワァーッ！」

田中が泥を蹴立てて跳ねた。脇構えから駆け出して肉薄し、必殺の一刀を繰り出した。百々木もすかさず刀を合わせる。二本の刀が円弧を描き、松明の光に反射する。金属音とともに火花が散る。ガリガリッと刃を削りながら二人の剣客が行き違った。

「ヌウッ！」

百々木は腕に痛みを覚えた。斬られたのだ。

急いで飛び退く。田中は振り返り様に横殴りの斬撃を放ったが、空振りした。

百々木は構えを戻しながら斬られた腕の感触を探る。傷の深さは暗くてわからないが、どうやら腱を断たれてはいないようだ。刀を握っていられることがその証拠だ。

（まだ戦える）

百々木は力強く踏み出して切っ先を相手の目につけた。

鉄砲の音が続けざまに聞こえる。百々木もさすがに焦りを覚えた。今、鉄砲で撃たれたならば急所を外れていてもお終いだ。田中にとどめをさされてしまう。

百々木の焦りを見て取ったのか、田中が踏み出してきた。ますます大きな構えを取る。見上げるほどに高々と上段の構えを取った。

（一刀でけりをつけるつもりか）

相手のほうが上背がある。相手の構えに合わせて目をあげ、刀をあげれば、百々木は仰《の》け反った姿勢となって腰が伸びる。

百々木はあえて相手の構えには囚われず、田中の腰に目を向けた。

ダーンと鉄砲が放たれた。百々木は「ウッ！」と呻いて身をよじらせた。

田中はその隙を見逃さなかった。

「死ねィ！」

気合を発して刀を振った。

百々木の腰が低く落ちる。鉄砲で撃たれて腰砕けとなった――と見せかけて強く踏み込むと、相手の斬撃の下に飛び込んだ。腕を小さく畳んで刀を短く振るった。

「グワッ！」

田中が叫んだ。その腹は、百々木の刀によって切り裂かれていた。

田中は片手で腹を押える。その指の間から腸が溢れ出て垂れ下がった。

それでも田中は歯を食いしばって立っていたが、急に目をグルリと回すと脱力し、バタリと倒れ伏した。

百々木は大きく息を吐いた。それから肩を押える。鉄砲の弾がかすった。しかし着物を裂いただけのかすり傷だ。

「わしの猿芝居も、意外と効き目があったようだな……」

田中の死体を見下ろしながら呟く。撃たれたふりをして相手の斬撃を誘い、斬りかかってきたところを逆襲した。

「兵法は詭道《きどう》であるぞ」

互いに人斬り浪人だ。正々堂々と戦う必要はない。卑怯も武芸の内なのだった。

「田中先生が斬られたぞッ」

ヤクザ者たちが騒いでいる。百々木がジロリと睨みつける。

「敵わねぇ！」

ヤクザ者たちは怖じ気を振るって逃げ出した。

百々木は懐から手拭いを出すと田中に斬られた腕を縛って止血した。深い傷ではなかった。まだまだ存分に戦える。ヤクザ者たちの後を追った。

堤の上ではヤクザ者と一揆の衆が竹槍と農具で殴りあっている。ヤクザ者でも百姓が相手ならば強い。一揆の者たちは完全に圧倒されていた。

「しまった……！」

百々木は臍《ほぞ》を噛んだ。

事前の取り決めでは、ヤクザの襲撃を百々木が防ぐ手筈となっていた。だが、田中との戦いで一揆を守るどころではなくなった。百々木が田中と対峙《たいじ》している間、一揆の衆は勘太夫一家によって散々に攻めたてられていたのだ。

相手は鉄砲まで持ち出している。

「やいッ、これを見やがれッ」

勘太夫が百々木に向かって叫んだ。

ヤクザ者の五人ばかりが鉄砲を構えている。猟師の家から盗んだ物か。筒先が一揆の衆に向けられていた。

「ズドンとぶっ放せば、たちまちおっ死ぬぜ！　刀を捨てろッ。口先だけの脅しじゃねぇぞ」

勘太夫が引き金に指を掛ける。

百々木は「待てッ」と叫んで止めようとした。勘太夫は無造作に引き金を引いた。

百姓の一人が胸を撃ち抜かれて吹っ飛ぶ。土手を転がり落ちていく。一揆の衆が悲鳴を上げた。

「俺はなァ、やるって言ったら、やるんだぜ」

勘太夫が舌で唇を舐めながら笑った。撃ち終えた銃は子分に渡す。別の子分が新しい銃を渡した。弾を込めて火縄がついている。勘太夫は今度は筒先を百々木に向けた。

「さあ、どうする浪人ッ。刀を捨てるか、それとも百姓を殺されてぇのか！」

一揆の衆はすっかり震え上がっている。

逆に、親分の鉄砲に勇気づけられた子分たちが勇躍、走り出てきて一揆の者たちを取り囲んだ。

調子に乗ったヤクザは恐《こわ》い。「オルアッ」と叫んで長脇差を振るって一人の百姓に斬りかかった。斬られた漁師は悲鳴と血飛沫をあげた。

「致し方なし」

百々木は刀を捨てた。脇差しも帯から抜いて、鞘ごと捨てる。

勘太夫は満足そうな笑みを浮かべた。

「ようし。神妙だぜ」

子分たちが恐る恐る寄ってきた。急いで刀を摑みあげて遠ざかる。

百々木は勘太夫に向かって叫んだ。

「これで満足したであろう。一揆の者たちを放してくれ」

「冗談じゃねぇや。お上に逆らった悪党どもを許せるもんかい。次は九兵衛だ。やいッ、九兵衛！」

勘太夫は一揆の群れに向かって叫んだ。

五

「沖宿の乙名、九兵衛ッ！　出て来やがれッ。お上にもお慈悲はあらぁ！　一揆を唆したお前ェが出てくるなら、百姓や漁師は許してやるぜッ」

百々木も闇に向かって叫ぶ。

「出てきてはならぬッ。これは罠だぞ！」

「出てこねえってのなら、百姓を順繰りに殺していくだけでぃ！」

一揆の衆が悲鳴を上げた。

舟が一艘、川を渡って漕ぎ寄せて来た。静かにこちらの岸についた。

鼬ノ伊三郎が指差して叫ぶ。

「親分ッ、野郎が九兵衛ですぜッ。間違いねぇ！」

舟を降りた九兵衛は堤の土手をあがる。ヤクザ者が取り囲んだ。一揆の衆が絶望の悲鳴を上げた。

　錆槍を突きつけられても九兵衛は粛然としている。何事か腹中に固い決意を秘めている顔つきだ。

「沖宿の乙名、九兵衛でございます。普請奉行所のお役人様に嘆願がございます。陣屋にお連れくだされ」

　勘太夫に向かって言う。勘太夫は勝ち誇った笑顔で大きく頷いた。

「すぐにも引っ立ててくれるぜ！　縄をかけろッ」

　荒縄が九兵衛の身体に巻かれた。手荒な扱いで身が痛むであろうに九兵衛は表情を変えない。静かに勘太夫に目を向けた。

「約束です。一揆の者たちを解き放ってもらいたい」

「馬鹿を言うなィ！」

　勘太夫は怒鳴り返した。

「コイツラはみんな、お上に逆らった極悪人だい！　解き放ちなんかできるもんかよ。明日っからは普請場の水抜き人足として働いてもらうぜッ。只働きで死ぬまでこき使ってやるから覚悟しやがれッ」

「なんですと！」

「火炙《ひあぶ》りや獄門だけは勘弁してやるってぇのが、お上のお慈悲だ！　ありがたく思いやがれッ」

九兵衛は抗議しようとしたが、腹に勘太夫の拳が叩き込まれた。九兵衛は呻いて言葉も出ない。その場に倒れそうになったのだが、子分たちに縄を摑まれて引っ立てられた。陣屋に向かって引きずられていく。

満足そうに見送りながら勘太夫は、鼬ノ伊三郎を呼んだ。

「一揆の五、六人も嬲り殺しにしてやれ。見せしめだ。頭に血が上った一揆の奴らも、仲間の死に様を見せつけられれば、おとなしくなるだろうぜ」

恐怖で人の心を縛りつけるのがヤクザの手口だ。

「ことに、あの浪人野郎は念入りに殺せ」

「へいっ」

伊三郎は、やり甲斐のある仕事を言いつけられたと言わんばかりの笑みだ。勘太夫は九兵衛を追って陣屋に戻っていった。

篝火が燃えている。脅える百姓と漁師の顔を照らした。

伊三郎は傲然と胸を張った。

「ようし、それじゃあ死んでもらうぜ。さぁて、どいつを殺すとするかな？」

初老の百姓の顎を摑んで、グイッと上を向けさせる。

「親仁さんのその歳じゃあ、力仕事はきつかろうな。楽にしてやらぁ。まずはお前ェに死んでもらうとするか」

老人は恐怖に身を震わせる。伊三郎は乱杙歯を剝き出しにして笑った。

「だがよ、十四、五の孫娘がいるってのなら、助けてやらねぇでもねぇぜ。俺が可愛がった後で売り飛ばしてやらぁ。どうでい？　可愛い孫娘は、いるのかい」

百々木は歯ぎしりをした。

「どこまでも卑劣な……！　ヘドが出るッ」

「うるせえッ。そんなら手前ェから嬲り殺しだァ」

伊三郎が目を怒らせて絶叫した、その直後であった。

鬨《とき》の声が聞こえた。何者かが大勢で押し寄せてくる。そんな騒音が轟き渡った。

「な、なんだよ……？」

伊三郎は急に不安にかられて振り返った。そしてギョッと目を剝いた。

謎の男たちが三十人ばかり、手に鍬や鋤を持って走って来たのだ。

「い、一揆の新手かよッ」

伊三郎が急に震え声を出す。別のヤクザが答えた。

「ありゃあ普請場の人足どもだッ。逃げ出してきやがったんだ！」

普請場に閉じ込めて、きつい労働に従事させてきた者たちだ。逃げられないように一家の子分たちが常に見張っていたのだが、この騒ぎに乗じて脱け出したらしい。

「畜生ッ、相手はたかだか三十人だ！　こっちにゃあ槍も刀もあるッ。ぶっ殺してやれッ」

伊三郎が叫んだ。喧嘩自慢の子分たちが「合点承知」と走りだした。人足たちを迎え撃つのだ。

子分たちは錆槍を突き出し、長脇差を振り上げた。たちまちにして血飛沫があがるものと思われた。

ところがである。

人足の群れの中から大男が素早く踏み出してきて、太い拳をヤクザの鳩尾に叩き込んだ。

「ぐおっ……！」

ヤクザが吹っ飛んだ。地面に倒れて悶絶し、胃袋の中の物を吐き戻した。

しかもだ。そのヤクザが握っていた長脇差は、すでに大男の手に奪われている。

身の丈は六尺。全身が黒ずくめだ。

「くそッ、やっちまえ！」

子分たちは激昂《げっこう》し、錆槍や竹槍を突き出した。大男は巨体に似合わぬ素早い動きで体《たい》をかわすと、槍先を次々と打ち払った。その力が凄まじい。ヤクザ者たちは槍ごと振り回されて腰砕けとなった。

ヤクザ者たちが動転する。

一方、百々木はこの機を見逃さなかった。ヤクザの一人に飛び掛かり、自分の刀を取り返した。

「あっ、手前ェ」

ギョッと目を見開いたヤクザ者を百々木は易々と斬り倒す。ヤクザ者の額がパックリと割れて血が飛び散った。

黒ずくめの大男も暴れ続ける。百々木が戦いに加わったことで俄然優勢となった。一揆の者たちも沸き返った。

鼬ノ伊三郎が悲鳴を上げる。

「て、鉄砲で討ち取れッ」

ヤクザ者たちは鉄砲を構えた。そこへ一揆の若い者たちが飛び掛かる。ヤクザ者たちを次々と押し倒した。殴る、蹴るの袋叩きだ。

「皆、向こう岸に逃げろッ」

黒ずくめの大男が指図した。人足たちは堤を踏み越えた。

「おっ、お前ェさんは隣村の長作《ちょうさく》どん！　無事だったか」

人足と一揆の百姓たちは顔見知りだ。

漁師は舟に向かう。

「舟を出すだぞッ。みんな、早ぅ乗ってくれッ」

一揆と人足の男たちが舟に乗り込む。最後尾を大男と百々木が守る。追いすがるヤクザ者たちを逆襲しては追い払い、一揆と人足たちが逃げる時間を稼ぎだした。

舟は満載状態だ。舟に乗りきれない者は泳いで川を渡る。低湿地帯で育った者は泳ぎも得意だ。最後に大男と百々木が舟に乗った。

「ようし、出すだぞ」

漁師が棹で岸を突いた。

ヤクザ者たちは泳ぎが苦手だ。追ってはこれない。

「覚えてやがれッ。手前ェたちの村に火を放ってやるからなッ」

喚いているのは鼬ノ伊三郎だ。百々木は船底にあった銛を掴むと伊三郎に向かって投げた。

銛は伊三郎の足元に突き刺さる。伊三郎は「ひいっ」と叫んで後ずさりし、足を滑らせて尻餅をついた。

第六章　月、満ちる

一

一揆の者たちと普請場の人足たちを乗せた舟は大河を渡って対岸に辿《たど》りついた。百姓も漁師も人足たちも一様に安堵の顔つきだ。辛くも死地から逃れることができたのだった。

だがしかし、これですべてが解決したわけではない。

「乙名の九兵衛どんが捕まっちまったぞ」

「どうするべえ」

「助けにゃならねぇだども、鉄砲を持ったヤクザ者と戦うのは、もう勘弁願いてぇべ……」

闇の中で陰鬱に囁き合っている。

黒ずくめの大男――大黒主水は、静かに一行から離れて、闇の中に姿を隠した。

印旛沼の普請場。陣屋の周囲には多くの篝火が焚かれていた。勘太夫一家の子分たちが竹槍を担いで屯《たむろ》している。

夜になっても、いっこうに涼しくならない。篝火を絶やすことはできない。炎の熱でますます暑い。

ヤクザ者たちは全身から汗を滴らせている。竹槍を握る手が汗で滑ってしまうほどだ。

「いいか野郎どもッ」

勘太夫のだみ声が轟きわたる。

「一揆の百姓どもが九兵衛を必ず取り戻しに来るに違ぇねぇんだ！　油断するなッ」

九兵衛は陣屋の中で静かにその声を聞いている。土間に敷かれた莚の上に正座していた。

土間の正面には一段高く板の間が造られてあった。一枚だけ畳が敷かれている。

畳の周りに燭台が置かれて蠟燭が炎を上げていた。

　奥の杉戸が開けられた。普請方改役が出てきた。

　九兵衛は莚の上で平伏する。改役は畳の上に座った。

「沖宿の乙名、九兵衛であるな。面を上げよ」

　九兵衛は顔をあげた。改役は目を怒らせた。

「大人しく名乗り出て来たること、神妙である……と言いたきところなれど、此度の悪行は許しがたい！　厳しく詮議したうえで、きっと極刑を申しつけようほどに覚悟しておけッ」

　大声で叱りつけられたが、九兵衛はまったく畏れ入った様子を見せなかった。それどころか決然として眉をあげた。

「手前は、お仕置きを受けるために自訴して参ったのではございませぬ」

　九兵衛の目には強い力が宿っている。改役が気押されてしまうほどだ。

「お願い申し上げまする。ただちに堤を切り崩してくださいませ！　さもなくば、この地の村々と田畑《でんぱた》が泥の海に沈みまする」

「何を申しておるのだッ」

「間もなくこの地に、大水が押し寄せて来るのでございまする」

「その証がどこにあるッ」

「夜空をご覧くだされ。今宵は満月。そしてこの酷熱」

「だからなんとした」

「香取内海の水が溢れ出るのでございまする」

改役は眉根を寄せた。

「貴様、わしを誑《たぶら》かそうとしておるなッ。そのような嘘に騙されると思うてか」

「嘘ではございませぬ」

「上野国からも下野からも、大雨の報せは届いておらぬ。川上に雨が降っておらぬのに、いかなる理由で大水になると申すか」

上流に降った雨こそが増水の原因だとわかっているので、異常な降雨が続いた時には下流に急報が届けられる。

急報はどこからも届いていない。異常な雨など降っていないのだ。改役は激怒した。

「見え透いた嘘で公儀を欺こうとしおったなッ。その罪、ますます重い！」

九兵衛は引かない。改役を見つめ返した。

「この大水は、川上より流れ下ってくるのではございませぬ。川下より押し上がって参るのでございます」

「川下じゃとォ？　香取内海の川下には外海があるばかりではないかッ」

「いかにも、海の潮水が押し寄せて来るのでございます」

「馬鹿なッ」

「今宵は満月。間もなく大潮になりまする」

海の水は干潮と満潮を繰り返すが、満月と新月の日には特別に水位が高くなる。これを大潮という。

「しかもこの酷熱！」

九兵衛は汗を散らし、自らも熱を入れて訴えた。

「海の潮はいっそう高くなりましょう！　川面よりも高くなった海の潮が河口を超えて、大波となって遡ってくるのでございます！」

「そのような話、聞いたこともないわッ。わしがこの地に赴任して二年。今まで一度たりとも、海の水が寄せて来たことなどなかったぞ」

「昨年までは冷夏にございました。涼しい夏には、海の潮は上がって参りませぬ」

水も熱せられれば膨張する。海の水の全体が膨れ上がる。それは膨大な体積となる。

数年続いた冷夏の反動で今年は異常な高温となった。九兵衛が生きてきた中でいちばん暑い。ということは、これまでに経験したこともない高潮が押し寄せて来るに違いないのだ。

縄文時代と平安時代、日本は異常な高温が続いた。平清盛《たいらのきよもり》の死因はマラリアだとされている。マラリア蚊が生息できたのだ。日本は熱帯も同然に暑かった。

縄文時代と平安時代には〝海進〟という現象が起こって、関東の内陸部が入り江となった。縄文時代の海進は貝塚がその痕跡だ。平安時代の海進では多くの農地が失われ、関東に盤踞《ばんきょ》していた武士たちが源平の合戦――すなわち殺し合いを始めた。田畑を失った者たちが生き残りをかけて戦ったのだ。

猛暑が続けば、関東の内陸は海に沈む。海の水が奥地にまで入り込んでくる。

しかしこんな理屈は改役には通じない。九兵衛にしても、なにゆえ暑い夏に限って海の水が遡ってくるのか、原因は理解していない。

話は嚙み合わなかった。改役が怒鳴った。

「暑い夏など、東照神君様（家康）の江戸開府以来、何度もあったではないか！公領が海の水に沈んだなどという話は、聞いたこともないッ」

「遡上してきた潮水を引き受けていたのが、印旛沼をはじめとする、一帯の沼地だったのでございます。潮水は沼に流れ込み、上流にまでは、遡上をいたしませなんだ。されど！」

九兵衛は力を籠めて訴える。

「お上は、印旛沼と利根川の間に堤を築き、沼に水が入らぬようにしてしまいました！　行き場を失くした潮水は川をどこまでも遡り、ついにはこの一帯で溢れかえるのに相違ないのでございます！」

さらに、と、九兵衛は続けた。

「川底には山焼けの灰が厚く積もっておりまする」

幕府も、川の水深が浅くなったことは承知している。

「川底が上れば、川筋が受け止めることのできる水嵩も少なくなりまする！　御当代様（徳川幕府）始まって以来の上げ潮が押し寄せて参りますぞッ」

九兵衛は膝を進めて身を乗り出した。

「お願い申し上げます！　なにとぞすぐさま堤を切り崩し、潮水が印旛沼に流れ込むことが叶うよう、お計らいくださいませッ」

改役は目を泳がせている。

動揺した役人は怒鳴りつけて相手を黙らせようとするものだ。

「な、なんたる妄言かッ。公儀が大金を費やし、営々と築いてきた新田を、元の沼地に戻せと申すかッ」

「それより他に、この地を救う手立てはございませぬッ。この馬鹿げた干拓を、なにとぞお差し止めくださいませ！」

「ば、馬鹿げただと！　有徳院様のお志を『馬鹿げた』と抜かしおったなッ」

改役は憤激して立ち上がり、腰の扇子を抜くと、ビュッと九兵衛を指した。扇子で指す行為は、その人物を人間扱いしないことを意味している。

「海の水が遡るなどと虚言を弄するそのほうは、きっとキリシタンに相違あるまい！　水が下から上に流れるだと？　天理に叶わぬッ。バテレンの邪法であろうぞッ」

耶蘇《やそ》教――禁制のキリシタンは魔術を使うとして恐れられていた。そういう悪評を幕府が流して大衆に信じこませた。

家康の魂は東照大権現として日光に鎮座し、関東の守護神となった。この関東において家康を神と認めない者は、他の神を信じている者に違いない。すなわちキリシタン以外には考えられない。という理屈だ。

「厳しく仕置きしてくれる！　誰かあるッ。この者を引っ立てろッ」

陣屋に仕える下役人の数名が飛び込んできた。九兵衛を手荒に押さえつける。

改役はさらに命じた。

「キリシタンの仲間がおるはずだ。拷問で口を割らせよ！」

「て、手前は、けっしてキリシタンなどでは――」

「白を切っても無駄だ。痛めつけてやれ！」

「なんと無体な」

関東郡代役所に上訴した時とまったく同じだ。江戸で生まれ育った役人に『海から大潮が押し寄せてくる』と訴えても聞き届けてもらえない。

九兵衛は慌てた。

「時がございませぬッ。今から堤を崩し始めねば、間に合いませぬッ」

「ええいッ、まだ申すかッ。黙らせよッ」

下役人たちは殴る蹴るの暴力を振るい始めた。

「な、なにとぞお聞き届けを……！　このままでは村々が高潮に呑まれ……」

きつい蹴りが急所に入って九兵衛は呻いた。あとはもう言葉にならない。

新三郎たちは馬に乗って戻って来た。根城としている鎮守の杜に向かう。拝殿の前に真っ黒な影が佇んでいるのが見えた。

利吉が目敏く見つけた。

「大黒の旦那だ」

追い首の四人は拝殿に入った。大黒主水が事の次第を急いで告げた。

「九兵衛が名乗り出ただと？」

新三郎は愕然となる。大黒主水が「うむ」と頷いた。

「百姓たちの窮地を見るに見かねて、普請方の陣屋に乗り込んで行ったのだ」

「無茶であろうに」

「察するに、普請奉行所の役人を説き伏せて、堤を崩させるつもりであろうな」

「それは、どういう話だ」

「人足として働かされていた漁師たちから聞いた。間もなく海の潮水がこの地まで遡ってくるらしい」

「どういう理屈だ」

「わしにもわからぬ。だが、漁師たちの顔つきを見るに、嘘をついているとも思えなかった。かの者たちは心底から脅えておった。普請場にいては溺れ死ぬと申したがゆえに、わしは人足たちを救い出して逃げてきたのだ」

利吉も首を傾げている。

「大雨も降っていねぇってのに、どうして大水になるんですかね」

まったくわからない。

大黒主水は続ける。

「我らは闇の仕事師だ。一揆にも、役人にも、どちらにも与しない。だが、命は大事にせねばならぬ。我が命も、人の命も、両方だ」

「人足たちを逃がしたとあっては、一揆方に与したも同然だぞ」

「ともあれ旦那方」

利吉が言った。

「あっしにゃあ難しいことはわからねぇが、これだけは言えやすぜ。九兵衛が捕まったのはまずい」

新三郎は「うむ」と頷いた。

「一揆を引き起こした首謀者なのだ。江戸に送られるまでもなく磔にされる」

そこへ素走ノ佐太郎が駆け込んできた。

「大ぇ変ですぜ。堤の上に新しい磔柱が立てられやしたッ。九兵衛が大の字に縛りつけられておりやすッ。周りには薪が積まれてらぁ。火炙りにするつもりですぜ」

「なんだと」新三郎の眉根が曇る。

「これはいかんな」と大黒主水。

「だから言わんこっちゃねぇや」利吉が唇を尖らせた。

四人は外へ走り出た。

二

新三郎たちは村に向かった。

一揆の者たちが家族を引き連れ、北へ向かって逃げていく。村の住人のすべてが集落を捨てて逃散《ちょうさん》するのだ。

新三郎は村人の前に立ちはだかった。

「お前たち、どこへ行くのだ」

村人が問い返す。

「お前様がたは、どちらさんだんべぇ」

「旅の者だ」

年寄りが村人を代表し、「へい」と低頭して答えた。

「逃げるんでごぜぇやす。お侍さんがたも早ぇとこ、お逃げなすったがええだ」

「なぜだ」

「ここにも大水が押し寄せてくるだによ！」

「海の潮水が遡ってくるという話か」

「わかっとるんなら、なんで逃げねえんだ。さっさと逃げるだよ！」

村人たちは新三郎や大黒主水を押し退けて走りだした。新三郎は仮にも武士だ。無礼極まる態度だが、もはや礼儀などかまっていられぬほどの危機が迫っているのだと思われた。

新三郎は大黒に顔を向けた。

「なるほど、皆、本気で脅えておる。嘘などついてはおらぬようだな」

利吉が前に出てくる。

「九兵衛はどうしやす。堤の上で磔になってるんでしょう？　放っておいたら流されちまいやすぜ」

九兵衛は小伝馬町の牢屋敷に今もいる――ということになっている。関東郡代役所が失態を隠すために嘘をついた。ここで死なれては大いに困る。

新三郎は周囲を見回した。村はすでに無人だ。

「一揆の者たちは逃げ散った。九兵衛を助けに行く者はおるまい。となれば、我らのみで斬り込むしかない」

「勘太夫一家が待ち構えてやすぜ。旦那方の二人きりじゃあ勝ち目がないですぜ」

走り衆は斬り合いには加わらない。それが矢倉屋の掟だ。

「とはいえ、死力を尽くさねば義理が立たない。関東郡代役所に対して儀兵衛殿の顔が立つまい」

新三郎は利吉を見た。

「この稼業、命がいくつあっても足りないと常々申しているのは、お前であろうが」

「それを言われちゃ返す言葉もねぇですぜ。合点しやした。舟を探しやしょう」

四人は渡し舟を探して川岸を走った。

煌々たる満月だ。大河は穏やかに流れている。利吉は首を傾げた。

「大嵐の真ッ最中だってんなら、出水を怖がる心地にもなりやすがねぇ、こうも穏やかなお月夜じゃあ、怖がる気にもなりゃしねぇや」

まったく利吉の言う通りである。のんびりと月見や夜釣りを愉しみたくなる風情なのだ。

「あっ、ご覧なせぇ！　あそこに！」

佐太郎が指差した先に舟があった。舳先に火の入った提灯が下げられていた。船頭が舟を出そうとしているのだ。客が一人、舟のただ中に座っていた。

「一緒に渡してもらいやしょうぜ」

佐太郎が言い、皆で同意して渡し場に走った。

「おーい、その舟、待ってくれ」

新三郎は叫んだ。船頭が振り返った。月光は明るい。新三郎の視力は良い。船頭の顔がはっきり見えた。

「平太ではないか」

落水した新三郎を助けてくれた漁師だ。平太も新三郎に気づいて「おや」と言った。

「旅のお侍さん。こんな夜中に何をしていなさるだよ」

「九兵衛殿を助けに行くのだ。頼む。向こう岸まで渡してくれ」

途端に平太の顔が喜びで溢れた。

この漁師は新三郎のことを九兵衛の味方だと信じている。九兵衛を逃がすために浪人と戦ったのだから当然だ。

「ありがてえ助っ人だァ。なぁ、旦那さんよォ！」

舟に座った客に顔を向ける。船上の武士が振り返った。

新三郎は「あっ」と叫んだ。

「も、百々木殿！」

百々木は「うむ」と会釈を返した。平太は二人の因縁を知らない。

「お知り合いだったのけぇ。そいつあますます心強いべ。さぁ乗っておくんなろ。急いで舟を渡すべえ」

確かに急がねばならない。

「御免」

新三郎は舟に乗った。大黒主水も船縁を跨ぐ。利吉と佐太郎は舟を流れに押し出した。

「ご武運を祈ってますぜ」

利吉の声に送られて、舟は川中に漕ぎ出した。

平太は力強く漕ぐ。水面は月の光を反射させて煌《きら》めいている。対岸の堤は真っ黒な大蛇のように横たわっていた。篝火が幾つも焚かれていた。

「川にも舟が浮かんでいるぞ。勘太夫一家の者たちが乗っているようだ」

新三郎は舳先の提灯を急いで消した。

百々木も敵の様子に目を凝らしている。そして平太に指図した。

「敵の裏側に回り込むぞ。目立たぬ所に舟をつけよ」

「かしこまりましただ」

舟は大きく川下を迂回して対岸の河岸に着けられた。新三郎と百々木と大黒が舟から下りる。ここから先は歩いて向かうのだ。

百々木は刀を帯に差しながら平太に言った。

「間もなく大水が来るのであろう。お前も早く高台に逃げろ」

九兵衛を救い出したとしても、逃げるのに舟は使えない。平太にできることはもうないのだ。

百々木は葦をかき分け、後ろも見ずに進んでいく。新三郎は百々木を追う。その背中に質した。

「我ら、九兵衛を救い出した後は、どうやって逃げまするか」

「馬を使えばよかろう。普請場には馬が何頭か飼われておる」

役人たちが巡検をする際に使う馬だ。

新三郎は（百々木殿は馬に乗れるのか）と思った。馬術の心得がなければ馬には乗れない。今は浪々の身だが、かつてはいずこかの大名に仕え、馬場に通ったこともあったのだろうか。

百々木は無言で進み続ける。

かつては大名に仕えた武士が、今は百姓一人を救うために命をかけている。いったいどのような人生を送ってきたのか、新三郎には、思いを致すことすらできなかった。


新三郎たちは葦の葉陰に身を隠しつつ、敵の様子を窺った。

舟が川に浮いている。川面を巡回する舟を注意深く数えて「七艘だな」と百々木は言った。

一艘につき五、六人のヤクザが乗っている。先日の戦いでは一揆の衆に舟で逃げられた。ヤクザ者たちは追いかけることができなかった。それに懲りて舟を用意し、川面を固めていたのだ。

舟は漁師の村から奪ってきたのに違いない。漁師たちはみんな逃げた。舟を奪うのは容易だったはずだ。

敵は多勢でこちらは三人。百々木は何事か思案を固めた顔つきで「うむ」と頷いた。

「ヤクザ者たちは大水が寄せてくることを知らぬのだ。好都合だ。ヤクザは操船が不得手。大波で右往左往する隙を突けば勝機はある」

いかにも左様ではあろうけれども、と新三郎は思う。果たして本当に海の潮水が遡ってくるのか。いまだに信じがたい。

堤の様子もよく見える。頂きに立てられた柱に九兵衛が磔となっている。首をグッタリと垂れて気を失っているようだ。時々、勘太夫のがなり声が風に乗って聞こえた。何を喋っているのかは、わからない。

三

大波は来ない。静かな夜だ。満月はゆっくりと西に傾いていく。

「百々木殿は……」

新三郎は百々木の背中に向かって語りかける。

「飯綱屋に雇われたがゆえに九兵衛を助け出そうとしておられる。拙者はその逆だ。九兵衛を捕えて役人に突き出すことを請け負った」

新三郎は満月を見上げた。

「九兵衛を助け出すまでは共闘いたすとして、その後は、どうなさる」

百々木は少し考えてから答えた。

「九兵衛は『自訴する』と言っていた。言に違わずに名乗り出たのだ。九兵衛が『逃げも隠れもせぬ』と申しておるのだから、そこもとらが江戸に連れ戻すことに障りはあるまい」

「よかった。百々木殿と、もういちど斬り合いをせねばならぬのかと案じており申した」

この物言いには、百々木も微《かす》かに笑った様子であった。

「追い首という仕事は、面白いのか」

「銭を得るための仕事でござる。面白いかどうかなど、考えたこともござらぬ」

「このわしは、逃がし屋という仕事が面白ぅなってきた。やり甲斐を感じておると言っても良い。他人《ひと》のために我が剣を活かす。死ぬまでの暇つぶしであることに代わりはないが、面白みが出てきた」

それは良いことなのか、どうなのか、新三郎にはなんとも言い様がなかった。

百々木が「むっ？」と唸った。

「川面が騒がしいぞ。波か？　まことに大波が寄せてきたのか」

川の水が荒れ狂っている。舟ではヤクザ者たちが慌てふためいていた。

「ひっくり返っちまうぞッ」

高波が白い屏風《びょうぶ》のように遡上してきた。その高さは二階の屋根に比肩するほどだ。舟が次々と呑まれていく。ヤクザ者たちは棹や櫂を押えて転覆をこらえようとしたが、とうてい凌げるものではなかった。次々と川面に投げ出され、波の渦に巻き込まれた。

「助けてくれぇ、俺は泳げねぇんだ！」

その悲鳴も水中に引き込まれてすぐに途絶えた。

「我らもここにいては危ない！」

新三郎が叫んだときにはもう、百々木は土手を駆け上っている。高地に逃げたわけではない。九兵衛を助けるために斬り込むのだ。

新三郎と大黒も走った。百々木を追う。

百々木は刀を抜くと、右肩に担ぐようにして構え、走り続けた。

礫柱の周りでもヤクザ者たちが大慌てをしていた。

「大水だッ。川下から水が来るぞッ」

「馬鹿野郎ッ、下から上へ水が流れて来るもんかよ！」

「手前ェの目ン玉をひん剝いてよっく見やがれッ。この大波が見えねぇのかッ」

波に気を取られている隙に百々木が斬り込んだ。

「ムンッ！　トォワッ！」

右に左に刀を振るい、あっと言う間にヤクザを二人、斬り倒した。

真剣を使うのか――と、新三郎は思った。

峰打ちで痛めつけるのではなく殺しにかかっている。百々木は激怒しているのだ。百姓と漁師たちの今後の暮しの安寧のために、無法なヤクザ者を一人残らず殺さねばならない。そう考えているのに違いなかった。

ヤクザ二人は急所を斬られてほぼ即死だ。自分の身に何が起こったのかすら、わからなかったに違いない。

「百々木だァ！　斬り込みだァ！」

ようやく大声が上がった。叫んだのは鼬ノ伊三郎であった。百々木はジロリと睨みつけた。

「お前の顔には見覚えがある。飯綱屋の手伝いで九兵衛を奪った際、その場にいた男だな？」

「おうよ。飯綱屋お甲め、この俺様に十分な褒美を出さなかったッ。だから裏切ってやったのよ！　手前ェもブッ殺してやるッ」

長脇差に手を掛けて刀を引き抜こうとした。

百々木は瞬時に踏み込んだ。伊三郎に肉薄するなり存分に刀を斬り下ろした。額に打ち込まれた刀は、顔面を真っ二つに両断して振り抜かれた。

「グエーッ！」

伊三郎は吹っ飛んで倒れた。即死であった。

普請場の奥から勘太夫が走り出てきた。動揺する子分たちを叱りつける。

「野郎どもッ、飛んで火にいる夏の虫だぞッ。手筈通りに討ち取れッ」

叫んだけれども、その手筈とやらは大波によって無駄になったはずだ。

それでも子分たちは勇を鼓舞して歯向かってくる。向こう見ずな蛮勇だけがヤクザの誇りだ。十数人で百々木を取り囲んだ。

新三郎も乱戦に加わる。素早く身を寄せるなり、居合の抜き打ちでヤクザ者を斬った。百々木を取り巻くヤクザを次々と倒していく。

「ヤッ！　タアッ！」

刀を振るたびにヤクザ者の手や指が飛ぶ。血も飛び散った。

「ち、畜生ッ。こうなりゃ鉄砲だァ！　鉄砲で撃ち殺せッ」

勘太夫が子分たちに指図する。子分が三人、鉄砲を構えて出てきた。百々木と新三郎に筒先を向けた。

そのとき、闇の中から真っ黒な影が躍り出た。身の丈六尺の大黒主水が大ダンビラを振り上げる。

ギョッとなったヤクザ者が、構えていた鉄砲で咄嗟に身を守ろうとした。斬り込みを受け止めようとした。

「ドワーーーッ！」

大黒は構わず大刀を振り下ろす。鉄の銃身を両断することはできないが、ヤクザ者の腕の力では跳ね返すことはできなかった。鉄砲は叩き落とされ、そのまま頭蓋骨を粉砕された。

大黒は次々と凶刃を振るう。ヤクザの腕が、鉄砲を持ったまま切り落とされる。さらに真っ向から打ち込まれて頭蓋骨を叩き潰された。鉄砲の三人はたちまちにして絶命した。

大黒主水は刀をまっすぐに立てた姿で気を静める。仏を拝む姿に似ることから、人呼んで〝拝み斬り〟だ。

鉄砲の数はもっとあったはずだが、その他者は船上で待ち構えていて水没したのに違いない。それきり鉄砲は出てこなかった。

百々木は磔柱に駆け寄って九兵衛の縄を切る。

勘太夫は目を泳がせた。右を見ても左を見ても、子分の死体があるばかりだ。

「こん畜生めッ」

長脇差を抜く。新三郎に斬りかかった。

「この俺の死に様を飯綱屋のお甲に聞かせやがれッ」

新三郎の刀が無造作に振り抜かれた。刀を振りかぶった勘太夫の横をすり抜け様に、その脇腹を存分に断った。

「ぐわあああッ」

勘太夫は腸《はらわた》を散らしながら倒れた。胴体の片側だけを断たれ、不気味な形に身をよじらせる。もはや立ち上がることはできない。

新三郎は勘太夫を見下ろした。

「すまぬが、拙者は飯綱屋お甲とは面識がない」

勘太夫は「畜生め」と呟いたようだった。息が途絶える。その死に顔は、最後まで無念そうに歪んでいた。

百々木が九兵衛を背負って戻ってくる。

「ヤクザ者は片づいたか」

新三郎は頷きながら刀を納めた。

川では波が荒れ狂っている。大波が川上に向かった後も、水は引かない。

それを見て百々木が言う。

「堤が崩れたら我らもお終いだ。馬を見つけてすぐに逃げよう」

同感である。新三郎と大黒は厩を探して走った。

普請場の陣屋も大混乱だ。大黒主水は役人たちに襲いかかって殴り倒す。新三郎は厩に飛び込むと、繋がれてあった馬を引き出した。

「馬具を着けている暇はないぞ」

百々木も同意する。

手綱も鞍もつけない。百々木は馬の背に九兵衛を乗せて、自分も裸馬に跨がった。

「行く先は馬に任せて走るしかあるまい。行けっ」

平手で馬の項《うなじ》を叩くと、馬が走り出した。

新三郎と大黒もそれぞれ裸馬の背に跨がってしがみつく。馬は本能のままに危機──波の荒れ狂う川──から離れようとして駆けた。四人と三頭は凄まじい勢いで普請場から逃れた。

四

朝日が昇り、平野の有り様が目に飛び込んできた。一面に泥の海が広がっている。

九兵衛は絶望して膝をついた。ガックリとうなだれた。

「手前の力が及ばず、このようなことに……。お役人様たちを説得さえできていれば……」

田畑も村々も流されてしまった。恐れていたことが現実となった。九兵衛は絶望し、自責の念にかられた。

「悪いのはお前ではない」

百々木が九兵衛を慰める。

「お前たち百姓の物言いに耳を貸さなかった公儀が悪いのだ。この惨状を招いた責めは公儀にこそある。己を責めるな。お前は乙名として立派に振る舞ったのだぞ」

九兵衛は男泣きに泣いた。

慰めてもらったところで百姓と漁師の暮らしは元には戻らない。復旧には何年もの歳月が必要だ。

大雨による洪水とは違い、高潮の水はすぐに引いた。海の水は一日に二回、干潮と満潮を繰り返す。干潮時には川の水位も大きく下がって、水は海へと流されたのだ。

穏やかになった川面を幾艘もの舟が渡ってきた。漁師の衆だ。百姓衆は泥だらけの道を踏んでやって来た。

「おおーい、旦那方ァ」

手を振る利吉の姿も見えた。

一揆の者たちが集まってくる。皆、九兵衛の身を案じて駆けつけたのだ。九兵衛は拳で涙を拭って立ち上がった。乙名として、惨めな姿は見せられない。

九兵衛は百々木に向かって頭を下げた。

「今日までよくぞ手前の身を守ってくださいました。御礼申し上げます」

百々木も九兵衛の覚悟を察している。「うむ」と頷いただけであった。

九兵衛は新三郎に向き直った。

「手前はこれより江戸に戻り、関東郡代様のお役所に自訴いたしまする」

「同道いたそう」

新三郎は頷いた。そして言った。

「そなたの言った通りに、海の潮水が川を遡ってきて水害をもたらした。もはや誰も九兵衛殿を魔道に堕ちたキリシタンだとは言うまい。この有り様を知れば公儀も考えを改めるはずだ。無茶な干拓は改められようぞ」

「お上はきっと、善処してくださると信じております」

九兵衛は一礼して歩きだした。大黒主水が後ろにつく。利吉と佐太郎も従った。

新三郎は百々木に向かって語りかけた。

「江戸まで拙者と一緒に行きませぬか。実は、そこもとの根付を預かっておるのです」

「根付？」

「拙者と飲んだ時に、忘れてゆかれました」

「ああ、そうであったのか。あの一膳飯屋で失くしたのか。しこうして、そこもとが預かってくれているとは……。それは面倒をかけたな」

「聞けば、十両の値がつく逸品だとか」

百々木は呵々大笑した。

「長屋の者より聞かれたのか。あんな物、二朱にもならんよ」

と、そのとき突然、百々木の顔から笑みが消えた。

「曲者ッ」

目は新三郎の背後に向けられている。新三郎も急いで振り返った。

百姓たちの十数人がやって来る。皆、泥をかぶって真っ黒だ。九兵衛が江戸に向かうと知り、名残を惜しもうというのか、九兵衛を取り囲もうとしていた。

泥だらけの男たちの中に曲者がいた。手に短刀を握っている。百姓の群れに加わって素早く九兵衛に肉迫したのだ。

百々木が新三郎を突き飛ばして走る。一方の新三郎は振り返らねばならなかったぶんだけ反応が遅れた。

曲者は腰に下げていた縄を外して伸ばした。

百々木は九兵衛と曲者との間に割って入った。刀を一閃する。曲者はその場に倒れた――ように新三郎には見えた。

曲者は毬《まり》のように身を丸くさせて転がって、百々木の足に縄を掛け、立ち上がりながらきつく引いた。

百々木は体勢を崩す。それでもすかさず膝立ちになって転倒をこらえた。

曲者が百々木に向かって短刀を投げた。

百々木は刀を振り下ろす。「ムンッ！」と唸りながら短刀を打ち払った。

その隙を突いて曲者が百々木に躍りかかった。腰の後ろに差してあったもう一本の短刀を抜いて、百々木の胸に突き刺した。

「ムウッ……」

百々木の身が激しく震えた。急所を突かれた――と、新三郎には、はっきりわかった。

曲者が飛び退く。猿《ましら》のように走って逃げ去ろうとする。新三郎は駆け寄るなり、腰の刀を一閃させた。

曲者にはもう、縄も、刃物も残されていない。毬のように転がって避けようとしたが、その秘技は、たった今、目の前で見た。武芸者に対して二度の奇策は通じない。

新三郎の腰が地につくほどに低く沈んだ。正座するような体勢から抜かれた刀が地面スレスレを走る。毬のように身を屈めた曲者を真横から斬った。

「ぎゃあああッ」

曲者は悲鳴を上げた。真っ赤な血を噴きあげながら二度、三度と転がり、倒れた。利吉が走り寄ってくる。倒れた曲者の襟首を摑んで引っ張り上げた。曲者はすでに死相だ。血を失った肌が青い。

それでも利吉は曲者を激しく揺さぶった。生きているうちに問い詰めなければならないことがある。

「手前ェ、どこの誰に頼まれたんだッ」

曲者は「へへっ」と小癪に笑って見せた。

「勘太夫親分に頼まれたのさ……。見事に仕留めてやったぜ。ざまぁみやがれ」

「馬鹿野郎ッ。九兵衛旦那は無事だッ」

「オイラが頼まれたのは、あの浪人を殺すこと……だぜ」

曲者はゴボッと大量の血を吐いた。激しく身を痙攣させて、息を引き取った。

「畜生め、益体もないことをしやがるッ。勘太夫は死んだんだ。一揆も終わりだ。手前ェは銭を懐にして、どこへでも行っちまえばよかったのによ」

利吉は苦々しげに顔をしかめて、ため息をついた。

新三郎は百々木を抱き起こした。百々木は息を喘がせている。胸には短刀が刺さったままだ。

九兵衛も愕然としている。

「て、手当てを……」

新三郎は首を横に振った。短刀を抜けば血が大量に噴き出して絶命する。もはや手の施しようもなかった。

百々木は新三郎を見て、ニヤリと笑った。

「不覚だった……。曲者を斬ればよかったのに、九兵衛の身を庇《かば》うことを先にしてしまった……。まさか、ヤツの狙いがわしの命であったとは……。九兵衛は囮《おとり》であったか。まんまとしてやられたな」

笑おうとして、口から血を噴いた。喘ぎながら声を絞り出す。

「これが本望だということを、そこもとならわかってくれるであろう。悔やみも慰めも無用。九兵衛、お前も自分を責めるでないぞ」

九兵衛は泣きだした。百々木は新三郎に目を向けた。

「あの根付だが、わしの長屋に住まう美佐という娘に渡してくれ。それと懐にも巾着が……。わずかながら銭が入っておる。美佐に渡してもらえるとありがたい」

「心得申した。必ず渡すとお約束いたそう」

百々木は頷こうとした。が、その首がダラリと垂れた。

新三郎は百々木の身体を静かに横たえた。九兵衛は泣いている。一揆の者たちが集まってきて取り囲み、無言で瞑目した。

五

新三郎は江戸に戻った。

九兵衛の身柄は牢屋敷へと戻された。

牢屋敷から関東郡代役所に護送される途中、暴れ馬の騒動に巻き込まれ、蹄にかけられて大怪我をした。その怪我がようやく癒えて、更めて関東郡代役所の詮議を受けることになった――ということに、建て前上では、なっている。

これにて公儀と関東郡代の面目は立ったのだ。関東郡代役所から仕事料が矢倉屋に届けられたに相違なかった。

江戸の公儀にも、利根川の水が高潮となって押し寄せてきたという報せが届けられている。九兵衛の身柄は大牢から揚《あがり》座敷へと移されて、丁重な扱いへと変わったそうだ。頑迷な役人たちもようやくに過ちを認めて、現地の百姓や漁師の話を聞き届けるようになったのである。

ちょうどその頃。江戸の町中に誰の口からともなく噂が流れ始めた。その噂とは、

「田沼様の悪政で大水が起こった。白河様が乗り出されて善処をなされるらしい。さすがに白河様は名君だ」

というものであった。

江戸の町は、相変わらずの賑わいである。夏の盛りを過ぎて、鱗《うろこ》雲《ぐも》が天高くにかかっている。空だけを見れば秋の到来を感じさせた。

新三郎は百々木弥一郎の長屋に向かった。夕立の名残であろうか、路地は泥だらけでぬかるんでいた。

ここに美佐という娘が、病気の母親と一緒に暮らしている。そのはずである。江戸を発《た》つ前に顔を合わせている。しかし新三郎は、娘がどの部屋から出てきたのかを覚えていなかった。

井戸端では一人の女房が洗濯をしていた。新三郎は声を掛けた。

「もうし、物申さん」

女房は顔をあげた。

「なんですね」

腰を上げずに顔だけ向けて聞き返した。新三郎も無礼は咎めずに続けた。

「拙者は百々木殿の知人だが」

「百々木先生のお友達けぇ」

女房は腰を上げた。侍を侍とも思わぬ物腰であったが、百々木に対してだけは敬意を抱いていることが感じられた。

百々木はこの長屋でも敬愛されていたのだ。やはり立派な人物だった。新三郎はそれが嬉しかった。

「百々木殿より預かってきた物がある。美佐殿に渡して欲しいとの言伝てであった。美佐殿はご在宅であろうか」

「美佐様……」

女房は絶句した。顔色も変わった。

「どうかしたのか。美佐殿の身に何事か、あったのか」

「へえ。……言いづらいことですけんど、美佐様は、吉原に売られましただ」

「なに！」

「おっか様のお加減が悪くってなぁ。また借金をして、医者のところに連れていったよ。だども、結局、亡くなられちまってなぁ。薬餌代の借金だけが残っちまって。美佐様も生きる甲斐を失くしちまったご様子でなぁ。おっかさまの葬儀を済ませると、すぐに自分から、借金の形として身売りをなさっちまっただよ」

新三郎は愕然となった。言葉もない。女房も悄然《しょうぜん》としている。

「もう、どうしようもねぇ。身売りする時は二両や三両だけんど、身請けするとなりゃあ、二百両、三百両と吹っ掛けるのが吉原だからなぁ」

女房は疲れ切った顔つきで洗濯に戻った。新三郎は礼を言って長屋を出た。

数日後、新三郎は吉原に向かった。

美佐が身を売ったのは揚屋町《あげやまち》（吉原の中の路地）にある琴屋《ことや》という置屋であっ

た。新三郎が見世に入って、美佐に会わせてくれるように頼むと、帳場に座っていた主人が露骨に迷惑そうな顔をした。

「お侍さん、あんたァ吉原のしきたりに暗いらしいが、見世の女に会いたいってのなら、茶屋を通してくれなくっちゃ困るね」

吉原の入り口には引手茶屋と呼ばれる見世があって、客はそこで口利きを頼み、遊女と座敷を用意してもらう。初見の客がいきなり遊廓に乗り込むことは許されてなかった。

新三郎の背後から矢倉屋儀兵衛がのっそりと踏み込んできた。

「こちらのお侍様は遊びに来たのではないよ。ちょっと話をさせてくれたっていいじゃないか。それとも三浦屋の総代に話を通したほうが良いかね」

見世の主人の顔色が変わった。

「こっ、これは、矢倉屋の元締め様！」

矢倉屋儀兵衛は裏社会の大物だ。事情に通じた者ならば誰でもその顔を知っている。

「こちらのお侍様は、元締め様のお連れ様でございましたか！　これはとんだ不調法をいたしましたッ。三浦屋の総代へのご挨拶など、ご無用のことにございますッ」

三浦屋は世襲で吉原を仕切っている。矢倉屋は三浦屋とも直談判できる。苦情など入れられようものなら、この見世と主人にとっては大変なことになってしまうのだ。

「さぁ、どうぞどうぞお入りを……！　今すぐ酒膳を用意させますので！」

「飲み食いをしに来たのではないから、茶だけで良いよ」

矢倉屋は悠々たる物腰で見世にあがった。新三郎も座敷に通される。すぐに美佐が入ってきた。新三郎の前に座った。

白首の化粧もしていない。見たところ浪人娘のままの容貌だ。それがかえって痛々しくも感じられた。

「あなた様は、百々木様のお知り合いのお旗本様」

新三郎は「うむ」と頷いた。

「百々木殿から、そなたに渡してくれるようにと頼まれてきた。これを受け取ってくれ」

銭と根付を差し出す。娘は目を落としたが、手を伸ばそうとはしなかった。

「おじさ――百々木様は、今、いずこに」

新三郎は口ごもってから、答えた。

「どこへ行かれたものやら……。風のように飄然としたお人ゆえ」

娘はハッと覚った顔をした。

「亡くなられたのですね」

その目に涙が溢れてくる。

「あなた様のお顔を見ればわかります」

新三郎は、

(拙者は嘘をつくのが下手だ)

と口惜しく思った。

娘は百々木の巾着と根付に手を伸ばした。

「確かに、頂戴いたします」

そう言って、胸の前で握り締めて、無言で涙を流し始めた。

新三郎と儀兵衛は見世を出た。

「今の女郎を〝助けてやりたい〟などとお考えなのでは、ございますまいな」

唐突に儀兵衛が言った。

口元に笑みを含んで、しかし鋭い眼で新三郎を見ている。

「この稼業、ひとたび足を踏み入れたならば、様々な事情を抱えたお人たちとの関わりができまする。そのたびにいちいち心を揺れ動かされていたのでは身が持ちませぬぞ」

「そうは言うが……。拙者にも何かできることがあったのではないかと」

「忘れることです」

儀兵衛は冷たく言い切った。

「利吉から話を聞きました。百々木弥一郎というお侍様は、銭で請け負う逃がし屋でありながら、九兵衛さんに加担しすぎた。九兵衛さんの楯になろうとして斬られた。そうではございませぬか？」

険しい目を新三郎に向ける。

「闇の稼業、情で動けば、たちまち命を失いますよ」

厳しい口調で言い切って、しかし、微かな笑みを浮かべた。

「あなた様といい百々木様といい、お侍様は皆、お優しい」

吉原の真ん中を〝仲の町〟という通りが延びている。一丁の権門駕籠《かご》が陸尺《ろくしやく》に担がれて入ってきた。

「おや、なんだろう。吉原に駕籠の乗り入れは許されないはずだが」

儀兵衛は珍しそうに見ている。

「無理が通れば道理が引っ込むというやつですな。たいしたご権勢だ」

駕籠は惣籬《そうまがき》を構えた大見世の前につけられた。山岡頭巾で面相を隠した武士が降り立って、迎えに出てきた者たちに囲まれながら登楼した。

「あの大見世は仕舞い（貸し切り）ですな。ご大層なご身分の御方が集まって談合をなさるらしい」

吉原の遊廓は幕閣や大名の接待や密談にも使用される。江戸の町は武士のために造られた。悪所も元々は武士の便宜を図るために造られた。

「ただ今の御方は、白河様の御用人様ですよ」

チラリと覗けた横顔だけでわかったらしい。

白河様とは松平定信のこと。筆頭老中だ。

他にも何丁もの駕籠がやって来る。儀兵衛は「うむ」と頷いた。

「一揆の後始末について話し合われるのでしょう。公領を支配なされる関東郡代様と勘定奉行様のみならず、普請奉行様まで巻き込んだこの一件。皆様、穏便に事を済ませたいことでしょうから、根回しと口裏合わせは欠かせませぬ」

儀兵衛と新三郎は大門から徒歩で出た。

「田沼様がお亡くなりになられました」

唐突に儀兵衛が言った。

「田沼様に代わって権勢第一となられた白河様は、軟弱な風潮を嫌う御方。吉原への武士の立ち入りを禁ずる法度を定めようとなさっておられまする。いやはや。どうなることやら」

儀兵衛は幕府柳営の事情にも通じている。江戸城内で働く茶坊主を籠絡すれば筒抜けだ。

「白河様は、田沼様のご政道を一新なされるご所存。印旛沼の干拓などは真っ先に潰したい。田沼様の肝入りであっただけでも憎らしいのに、遅々として進まぬ普請で柳営の勝手向きを苦しめている」

儀兵衛は天を仰いだ。

「こたびの一件、白河様は騒動が大きくなるまで、あえて手をつけることなく抱え込んでおられたのかも知れません。大きな一揆が起これば、上様もお考えを改めざるを得なくなります」

それから儀兵衛は難しい顔で俯《うつむ》き、考え込んだ。

「堤を築いたのも、故意に大水を引き起こして、印旛沼干拓の無理を天下に知らしめるためだったのかも知れませぬ。上様の肝を冷やさせて、干拓普請を取りやめにさせようという魂胆であったのかも……」

そこまで言ってから儀兵衛は苦笑した。

「今のはぜんぶ手前の邪推にございますよ。どうぞ本気にはなさいませぬよう」

田沼意次の政策を引き継いだ幕閣と、新興勢力である松平定信との間で勃発した政争が今回の事件の原因だったというのか。

幕府の権力とは即ち〝予算を確保すること〟に他ならない。印旛沼干拓のための予算を田沼派から奪い取り、自らの政策のための予算に組み直す。

松平定信の野望のために、多くの者が痛めつけられて死んでいったのか。勘太夫のごとき悪党ですら、雲の上の政争の犠牲者でしかなかったというのか。

生前の田沼意次は巨大な権勢を握っていた。幕府は田沼の息がかかった役人によって動かされ、田沼の御用商人たちが経済力で支えていた。

それらの者たちが一斉に失脚し、追放される。そして松平定信が、我が意に叶った者たちを幕府の中枢に押し込んでくる。幕府の御用を新興商人に委託する。

この国は、浅間山大噴火の被災から立ち直ることができていない。冷害と飢饉で農民も武士も疲弊しきっている。今こそ幕府が復興と救済に立ち上がるべき時であるのに政権交代による大混乱だ。予算は定まらず、役人たちは右往左往している。

追い首や逃がし屋のような、闇の稼業の者にとっては、なによりの稼ぎ時ではあろうが、百姓町人にとってはたまらない。

新三郎は思った。

(なるほど、矢倉屋殿の言う通り、惨事にいちいち心を動かしておっては身が持たぬ世になるのであろう)

日差しがきつい。蟬がやかましく鳴いている。江戸の町ではいたるところに樹木がある。太い枝を伸ばしている。

「おや、ツクツクホウシ」

儀兵衛が言った。

「もう、秋なのですねえ」

夏の盛りの油蟬の声はもはや聞こえず、ツクツクホウシの鳴き声へと代わっている。

新三郎も空を見上げた。

光文社文庫

文庫書下ろし／長編時代小説

風雲《ふううん》 印旛沼《いんばぬま》 関八州《かんはっしゅう》御用《ごよう》狩《が》り㈢

著 者 幡《ばん》 大《だい》 介《すけ》

2018年5月20日 初版1刷発行

発行者 鈴 木 広 和
印 刷 堀 内 印 刷
製 本 ナショナル製本

発行所 株式会社 光 文 社
〒112-8011 東京都文京区音羽1-16-6
電話 (03)5395-8149 編 集 部
8116 書籍販売部
8125 業 務 部

ISBN978-4-334-77659-6 Printed in Japan

組版 萩原印刷

光文社時代小説文庫　好評既刊

関の孫六　藤井邦夫
井上真改　藤井邦夫
白い霧　藤原緋沙子
桜雨　藤原緋沙子
密命　藤原緋沙子
すみだ川　藤原緋沙子
つばめ飛ぶ　藤原緋沙子
雁の宿　藤原緋沙子
花の闇　藤原緋沙子
螢籠　藤原緋沙子
宵しぐれ　藤原緋沙子
おぼろ舟　藤原緋沙子
冬桜　藤原緋沙子
春雷　藤原緋沙子
夏の霧　藤原緋沙子
紅椿　藤原緋沙子
風蘭　藤原緋沙子

雪見船　藤原緋沙子
鹿鳴の声　藤原緋沙子
さくら道　藤原緋沙子
日の名残り　藤原緋沙子
鳴き砂　藤原緋沙子
花野　藤原緋沙子
寒梅　藤原緋沙子
青春の雄嵐　牧秀彦
柳生一族　松本清張
逃亡（上・下）新装版　松本清張
雨宿り　宮本紀子
ある侍の生涯　村上元三
加賀騒動　新装版　村上元三
陣幕つむじ風　村上元三
きりきり舞い　諸田玲子
相も変わらず　きりきり舞い　諸田玲子
だいこん　山本一力